外国经典诗歌珍藏丛书

波德莱尔诗选

柳鸣九／主编　李玉民／编选　郭宏安　李玉民／译

時代文藝出版社

图书在版编目（CIP）数据

波德莱尔诗选 / (法) 波德莱尔著；李玉民编选；郭宏安，李玉民译.
— 长春：时代文艺出版社，2020.2
（外国经典诗歌珍藏丛书 / 柳鸣九主编）

ISBN 978-7-5387-5748-4
Ⅰ. ①波… Ⅱ. ①波… ②李… ③郭… Ⅲ. ①诗集－法国－近代 Ⅳ. ①I565.24

中国版本图书馆CIP数据核字（2019）第241647号

出 品 人　陈　琛
产品总监　邓淑杰
责任编辑　刘　兮
封面绘画　刘星宇
装帧设计　孙　利
排版制作　隋淑凤

波德莱尔诗选

［法］波德莱尔 著　李玉民 编选　郭宏安　李玉民 译

出版发行 / 时代文艺出版社
地址 / 长春市福祉大路5788号　龙腾国际大厦A座15层　邮编 / 130118
总编办 / 0431-81629751　发行部 / 0431-81629755　北京开发部 / 010-63108163
官方微博 / weibo.com / tlapress　天猫旗舰店 / sdwycbsgf.tmall.com
印刷 / 三河市万龙印装有限公司
开本 / 880mm × 1230mm　1 / 32　字数 / 217千字　印张 / 10.625
版次 / 2020年2月第1版　印次 / 2020年2月第1次印刷　定价 / 31.00元

编者、译者简介

李玉民

首都师范大学教授。1963年毕业于北京大学西方语言文学系。从事法国纯文学翻译近三十年，译著六十多种，两千余万字。主要译作：小说有雨果的《巴黎圣母院》《悲惨世界》、巴尔扎克的《幽谷百合》、大仲马的《三个火枪手》《基督山伯爵》、莫泊桑的《一生》《漂亮朋友》《羊脂球》等；戏剧有《缪塞戏剧选》《加缪全集·戏剧卷》等；诗歌有阿波利奈尔的《烧酒集》《图画诗集》等。此外，编选并翻译《缪塞精选集》《阿波利奈尔精选集》《纪德精选集》、米什莱的《鸟》《海》《山》；主编《纪德文集》（五卷）、《法国诗人传记丛书》（十卷）。他所翻译的当代法国作家佩纳克的长篇小说《上学的烦恼》于2010年获傅雷翻译奖。李玉民的译作中，有半数作品是他首次译介给中国读者的。他主张文学翻译是一种特殊的文学创作，译作应是给读者以文学享受的作品。

郭宏安

毕业于北京大学西方语言文学系。中国社会科学院研究员，博士生导师，法国文学研究的著名学者，著名翻译家，尤以研究和翻译波德莱尔的著作而闻名。学术著作有《波德莱尔讨论及其他》《从蒙田到加缪》《从阅读到批评》等。译著有司汤达的《红与黑》、加缪的小说等。

理解波德莱尔是一个过程（序）

李玉民

法国知识界的朋友爱把诗歌挂在口头，知道我翻译过不少法国诗歌，谈话中就问我喜爱哪些法国诗人。我列举了缪塞、拉马丁、雨果、魏尔伦、阿波利奈尔、艾吕雅等，没有波德莱尔的大名。不料碰到个较真儿的，一个叫奥黛特的法国文学教师，她就问我：“你认为谁是法国最伟大的诗人？”我毫不犹豫地回答：“当然是雨果了！”她当即反驳：“为什么当然！要知道，法国大学里，现在不怎么讲雨果了。学生写论文，更多地选择波德莱尔。我和好多同事都认为：法国最伟大的诗人是波德莱尔。”

在我的印象中，波德莱尔是个“颓废诗人”，我刚表露出这种意思，法国人马上接口说：“何止颓废诗人，还给他冠以恶魔诗人、尸体诗人、坟墓诗人……这不足为奇。像波德莱尔这样的创新者，无论在诗歌的内容上还是形式上，都走得太远，他的《恶之花》刺激了那些守旧派的末梢神经。他们在报刊上大量发表评论文章，诽谤并诅咒《恶之花》……”显然她对波德莱尔的身世了如指掌，她说1857年6月，《恶之花》刚问世，法国当局就急不可待，立刻组织封杀，甚至启动法律程序，内政部以《恶之花》作者扰乱公共道德的罪名，督促检察厅立案。检察厅便奉命传讯作者和出版者，并当即查封了《恶之花》。说来也巧，提起公诉的帝国检察官皮纳尔，也以同样的罪名，起诉了在同年出版的《包法利夫人》的作者福楼拜。最后，法庭判处波德莱尔罚款三百法郎，并勒令诗集中删除六首所谓的淫诗。这成为法国历史上臭名昭著的两起公案。

摧毁不了的《恶之花》却开得更加旺盛而绚丽，四年后再版，删去了六首禁诗，又增补了三十五首，共计一百二十九首，获得更大的成功。波德莱尔在雨果、福楼拜等有识之士的赞美和声援下，信心更足，他进一步修订诗集，准备出第三版。而且这一时期，他先后出版了艺术论著《1859年美展》《人造天堂》以及不少散文诗，在文坛上的地位更加重要，也更加巩固，成为魏尔伦、马拉美等新一代诗人的精神领袖。被波德莱尔称为“《恶之花》的姐妹篇”的《巴黎的忧郁》，从1857年开始创作，进展十分缓慢，花了十年工夫，只写下五十首，未待出版，他于1867年就英年早逝。同样，《恶之花》的第三版修订，也未如愿完成。这两本诗集的定本，都是在诗人去世后，经友人整理出版的。

波德莱尔仅以《恶之花》和《巴黎的忧郁》两部诗集，就登上时代的高峰，同雨果等大诗人比肩，成为西方现代派诗歌的鼻祖，完成了从“恶魔诗人”到“非凡诗人”转变的神话。这让我想到另一个神话，大画家梵·高的命运。梵·高学艺极晚，二十六岁起步，包括学艺时间在内，他全部作品的创作仅仅用了十一年。他生性桀骜不驯，顽固地拒绝向现实低头，自己选定了目标，就不顾所有人反对，不惜付出任何代价，哪怕落个受诅咒画家的恶名，哪怕忍受常人难以想象的磨难，也要坚定地走向心中的憧憬。他的这一性格特点，是他绝对痛苦和绝对成功的根源。终于，他解放了绘画的动作，改变了绘画本身的概念，练就了类似中国画大写意的“书法—绘画”法，以其独特的方式和设色，表现出景物所放射的造型力量或光波的流动，并以疯狂的速度画出一处风物难以捕捉的眩晕之态。他在生前最后五年的伟大绘画创作期间，画出了数量惊人的杰作，不是精品，而是极品，为野兽主义、表现主义和抽象表现主义开了先河，完成了从“受诅咒的艺术家”到“非凡艺术家”转变的神话。

梵·高是个孤独而狂野的散步者，而波德莱尔则是个孤独而忧郁的散步者，一个游荡在大自然中，一个徘徊在巴黎的街巷。殊途同归，两个人的个性都爆发出超常的能量，在各自的领域创造了奇迹。这样的个性不可复制，因果关系错综复杂，几乎是无穷无尽的大小力量全方位起作用的结果。主体在其成长的各个阶段，根本无法预见家庭、社会、思潮、个人经历、地域环境等因素，能直接或间接产生什么影响，会被相互作用的各种力量拉向何方。因此，不可确定性就成为主体生存的本质。梵·高完全可能成为优秀的牧师（继承父业）、杰出的画商（如其伯父）、出色的通俗画家（堪比师友），度过富足而安逸的一生。可见，梵·高自主自为，可以是也可以不是他已成的样子。同样，波德莱尔之所以成为世界级的大诗人，除了安德烈·布勒东所说的，寓于我们每人身上的这种“砸不开的黑色内核”之谜而外，他的身世总有一些事件可作为路标，指引我们追踪他的足迹。

夏尔·波德莱尔的父亲，约瑟夫–弗朗索瓦·波德莱尔六旬续弦，娶了一个二十六岁的孤女卡罗琳·阿尔尚博–德菲斯，隔年得子：夏尔于1821年4月9日生于巴黎。父亲虽出身农家，却受过良好教育，在巴黎大学修过哲学和神学，任神职数年后离职，到一位公爵府上当了家庭教师，沾染些许贵族习气。他热爱绘画，又颇有些收藏，常带着年幼的夏尔到卢森堡公园散步，对着美丽的雕像给儿子讲神话与传说，可以说是艺术的启蒙教育。作为18世纪启蒙思想家的信徒，他似乎无意中也给了儿子思想的启蒙教育。父亲的气质、作风、思想和爱好，在波德莱尔幼年的心灵中播下了种子，父亲的形象就成了他“最初的强烈爱好”。如果假以天年，父亲再多活十年八载，那么波德莱尔的成长该是另一番景象。只可惜在他六岁时，父亲就去世了，生活发生了突变。

年轻的母亲很快就改嫁，让一个同父亲截然相反的人闯进了波德莱尔的生活，给他的心灵造成了终生难愈的创伤。继父欧比克是个军人，为人古板、生硬、心胸褊狭，企图用资产阶级的秩序和道德，将聪颖的继子培养成一个循规蹈矩的官场人物，因而同藐视习俗、我行我素的波德莱尔发生了严重的矛盾和对立，这在波德莱尔的心灵里第一次激发出反抗的火花。波德莱尔随家迁徙，先后在里昂、巴黎读中学，他的希腊文、拉丁文和法文学科成绩优异，多次获奖。他那敏感而好激动的天性，随着年龄的增长而逐渐彰显，总好异想天开，甚至有些神秘兮兮，颇为玩世不恭。他这个学生才华出众，但是不守纪律，终因拒不交出同学在课堂上传递的纸条，被路易大帝中学开除。

波德莱尔虽被学校开除，但他于次年，即1839年，还是通过了中学毕业会考。在如何走上社会、安排未来的问题上，他又与继父产生了冲突。继父希望他进入外交界，将来谋个显要的职位；可是，波德莱尔始终憧憬“自由的生活”，他无法预见未来，但是心中有了目标，就可以确定并规划未来了。他大量涉猎罗马晚期作家的著作，与那种颓废的情调产生共鸣；他还喜爱法国文艺复兴时期七星社诗人的诗作，激赏那种严谨的声律；在当代他爱读巴尔扎克的小说，并因结识了作家本人而深感荣幸，深受鼓舞；同时他也叹服浪漫主义诗人雨果、戈蒂耶、拜伦、雪莱作品中那种“美的最新近的、最现代的表现”；他更是频频光顾巴黎美术展览会，不仅唤起他“最初的强烈爱好”，还萌生了写画评的念头。这期间，他加入了众多狂放不羁的文学青年之列。

波德莱尔终日出入酒吧、咖啡馆，纵情声色，同一个犹太妓女“斜眼”莎拉交往，浪迹在巴黎这座“病城”的娱乐场所。家庭自然十分不满他这种近乎放荡的生活，在管教不力、规劝无效的情况下，决定让他出游，以图暂时割断他同巴黎的联系，引导他的生活走上正轨。1841年6月9日，波德莱尔登上南方远洋邮船，从波尔多启程，准备前往加尔各答，逗留一年半时间。然而，他中途在毛里求斯岛下船。在波旁岛游览一个半月，领略了不同于巴黎的风光和情调，这种意想不到的收获，为他后来的文学活动增添了实感。他仍念念不忘巴黎的生活，很快中断旅行，返回法国。

1842年2月，波德莱尔回到巴黎，越发不能忍受家庭的束缚。正巧他业已成年，可以掌握父亲留给他的遗产（约十万金法郎），于是离开家庭过独立生活。他鄙夷那些想为阶级社会效力的人，厌弃一切职业，特意用惊世骇俗的装束和举止标新立异，表示他对资产阶级的轻蔑与唾弃。他这样放浪形骸，本意就是“追求崇高”，不同流俗，颇有几分以恶搞的方式反抗家庭与社会的味道。1842年，他遇到黑白混血姑娘，小剧院的二流演员让娜·杜瓦尔，结成了亲密而长久的关系，受其影响，此后他的生活有所收敛，更多的心思用到创作上了。这期间，他同已有名气的戈蒂耶、有志于诗歌的班维尔交往甚密。可是，他这两年过度挥霍，用掉了半数财产，1844年，家庭强加给他一个经济监管人，每月只给他可怜的二百法郎，这对他的沉重打击不亚于他父亲的去世。他在债主追索下的日子十分难熬，1845年6月30日，他甚至企图操刀自杀。

度过这次危机，波德莱尔似乎更加坚强了，至少他的目标更加明确，在创作方面三头并进。一是诗歌创作，至1843年，他已经作了二十余首未来的《恶之花》，1846年他又向朋友提起计划出一本诗集，题为《累斯博斯岛女人》（或《同性恋女人》），这是十年后出版的《恶之花》的初名；二是撰写并发表画评《1845年美术展览会》《1846年美术展览会》，完整地阐述他的新颖的艺术观，奠定了他作为艺术评论家的地位；三是发现并激赏美国作家爱伦·坡的作品，为之入迷，自他翻译并发表爱伦·坡的短篇小说《金甲虫》始，十七年间翻译出版了爱伦·坡的大量作品，堪称翻译文学的范本。

1847年至1851年，是波德莱尔从政治热情高潮到完全脱离政治的时期。1847年，巴黎一开始社会和政治动荡，波德莱尔便投身进去，不久还和朋友创建革命小报《公安报》，登记参加了“共和派中心协会”。1848年革命爆发时，他并不了解这场革命的意义，只当作他泄愤的一次机会，于私发泄对他继父欧比克的仇恨，于公则要报复和破坏资产阶级社会，其中当然也“寄托一些有如空中楼阁一样的乌托邦”。他背着枪，在街垒中奔忙，手上散发着火药味，满口嚷着“枪毙欧比克将军”。然而，革命失败了，尤其路易·波拿巴窃取革命成果，于1851年12月2日发动政变，次年改共和为帝制，波德莱尔目睹了这种政局大变动，对政治彻底失望，“决定从此不介入人类的任何论争”。

1852年之后，波德莱尔的创作进入高潮期。他是个苦吟诗人，“写得很苦”，“哪怕最小的一个词也透露出他达到那样一个高度所付的努力”（巴雷斯语），几年间散见于报刊上的诗作，还有尚未发表的，足可以结集出版了。但是没有出版商愿意出版《恶之花》，只好托朋友关系，由爱好诗歌，给邦继尔出过诗集的普莱·马尼拉西斯承接。注定要遭受磨难的《恶之花》终于问世了，一本薄薄的诗集，注定要给作者生前招来极大的耻辱，身后永续极大的荣名，这也是极其罕见的文学现象。

波德莱尔在诗歌上的继承和创新，自然有他自己一套文艺理论的支撑。他在写诗的同时，也发表许多评论，涉猎极广，包括小说、诗歌、戏剧、绘画、雕塑、音乐、舞蹈等领域。他的文学批评方面的文章汇编成集，题为《浪漫派的艺术》，而另一本集子《美学珍玩》，则收入了艺术方面的文字。这两部专集珠联璧合，水乳交融，充分反映了他那时代思潮变化的丰富性和复杂性，在传统的基础上提出了新的观念，奠定了他在法国19世纪批评界的重要地位，更有他在诗歌上创新实例为佐证，这就为后来一些新流派的生长提供了土壤和阳光。

就在《恶之花》出版的两个月前，继父欧比克将军去世了，这给波德莱尔跟家庭的冷战画上了句号。次年，波德莱尔终于前去看望他的母亲。至此，波德莱尔自1842年离家独立生活，历时十几年，到《恶之花》问世为标志，他的足迹从模糊变得清晰，想必接近了他心中的目标。他不顾一切，迷恋巴黎，同这座“病城”结下了特殊的关系，决心在这“地狱”中寻找天堂。他在巴黎的街巷孤独地游荡，始终是他找回自我、回归本心的时刻，也是他排除家庭和社会各种干扰的时刻。他总爱去无人涉足的丑陋而污秽的地方，到贫穷、苦难、孤独、绝望、死亡丛生的罪恶之园中，采撷恶之花，在娼妓、乞丐、醉鬼、孤苦老人身上捕捉现代生活的律动：

> 沿着古旧城郊，一排排破房
> 拉下遮蔽秘密淫荡的百叶窗……
> 在每一个角落里寻觅的偶然，
> 绊在字眼上，就像绊着了石头，
> 有时会碰上诗句，梦想了许久。
>
> ——《太阳》

多么凝练的诗句，透露出的信息，足可以破解诗人波德莱尔一生的奥秘。诗人游荡的地点，不是巴黎光鲜亮丽的街区，而是“古旧的城郊”，贫穷和污秽麇集的地方。诗人“闪着永恒之光的大眼”，探测着百叶窗遮蔽的“私密淫荡”，即他在诗中一再罗列的所有丑恶的东西。“发掘恶中之美”，走在恶中间的脚步，偶然“绊在字眼上”，便得到了诗句，而诗句还要梦想许多，方始绽放恶之花。得之偶然，再千锤百炼——缓慢归缓慢，慢吟出来的诗，却经得起长久时间的考验，这是因为从恶中发掘出来的“美啊！你这怪物，只要打开我爱而不识的无限之门”“来自上帝或魔王，又有何妨”。

我能理解到，这一步，实属不易。想当初，波德莱尔的诗我读不进去，甚至有些排斥，有两大障碍。一是直观的：翻开《恶之花》，满篇难见赏心悦目的诗句，尽是丑陋污秽的词语，同中国古诗词，甚至同法国浪漫派，乃至象征派诗歌相去甚远。二是意象的：波德莱尔的诗，往往思想领先，抽象的词汇用得多，读来我很不习惯。而这两方面，恰恰是波德莱尔诗作赖以传世的两大特点。

波德莱尔颇为复杂的文艺思想中，有一个重要观点，就是抛弃“真善美不可分割”的传统观念，可以说代之以“真恶美”。他说：“什么叫诗？什么是诗的目的？就是把善跟美区别来，发掘恶中之美。”“我觉得从恶中提出美，对我乃是愉快的事情，而且，工作越困难，越是喜悦。”他将善和美分开，就是要把恶跟美结合起来，只因善与真已经脱节，而恶才是最真实的。“波德莱尔以为自己代表浪漫主义，可是他摈弃其浮华的辞藻和空想的习惯，只保留浪漫主义对其现代性的颤动的感情。”（纪德语）他求真求实，直面现实的恶，从恶中发掘美，这是他在诗歌的内容上的创新，与浪漫主义背道而驰了。

直面现实的恶，从恶中发掘出美来，就必然换一种思路，采用另一套词语了，这正是我所不习惯的另一种表达方式：生猛、刺激、突兀、出乎意料，如《幻想的版画》：

> 这奇特的幽灵，全部装束只是
> 丑陋的王冠，有狂欢节的气息，
> 滑稽可笑地扣在骷髅的额前。

这些词组的搭配前所未见，完全是波德莱尔式的，十分独特，读者很难一下子抓住准确的意思。正如纪德所说："波德莱尔忍受不了固定的词组，不出所料的隐喻；他经常乐于利用一开始无法准确看出的关系，把读者搞得晕头转向；他弃平庸，喜古怪，很有贵族气派；他认为形象与词语的组合之所以完美，不在于它能使用，而相反在于它只能使用一次。"就连诗人自己也承认这一点，他在《巴黎的梦》中就写道：

这一片可怖的风光，
从未经世人的俗眼，
朦胧遥远，它的形象
今晨又令我醺醺然。

千真万确，我这俗人之眼，看到诗人描绘的这片"可怖的风光"，不是醺醺然，而是昏昏然，晕头转向了，有时不免说些离谱的话，还是引名家的论述来得稳妥。爱伦·坡说："抓不住不可触摸之物者不是诗人。"最不可触摸之物，无疑是思想和精神了。因此，波德莱尔的诗另一个我不习惯的特点，就是他的诗篇往往围绕着一个思想组织形象。如《精神的黎明》：

朱红白亮的晨曦，噬人的理想，
手挽着手射入堕落者的房中，

一种报复性的神秘起了作用，

天使醒了，在沉睡的野兽身上。

这首诗以“精神的黎明”为主旨，组织“朱红白亮的晨曦”“射入”“醒了”“沉睡”这些形象反映黎明，但同时又使用“噬人的理想”“报复性的神秘”“起了作用”这样抽象词语，以及“堕落者”“天使”“野兽”这样泛称的词来传递主旨精神。《恶之花》中六组诗标题《忧郁和理想》《巴黎风貌》《酒》《恶之花》《反抗》《死亡》等，以及小标题，大多用表达思想的抽象词。如果说《恶之花》的诗往往由思想引领，那么《巴黎的忧郁》诸诗则偏重描写，类似寓言故事，有人物，有情节，再从故事中得出一种观念性的结论。例如，《老妇人的绝望》：

这个瘦小的老太婆，看见这个人人赞美、人人都要讨他喜欢的俊婴，一时感到心花怒放：这个俊秀的小人儿，跟她小老太婆一样，特别脆弱，也同样没有牙齿，没有头发。

这分明在讲故事，老太婆凑到近前，做出媚态，挤出孩子般的微笑伸出枯瘦的手爱抚孩子，结果孩子吓得大哭不止……

于是，善良的老妇人又退隐到永久的孤寂中，向隅而泣，心中暗道：“噢！我们这些年迈的女性真不幸，一旦过了讨人喜欢，哪怕是讨天真的孩子喜欢的年龄，就能吓坏那些我们想要亲近的小孩子！”

女性到了晚年，连亲近小孩子这样的天性都被剥夺了，只能陷入“永久的孤寂中”，这便是天下“老妇人的绝望”，也是诗人的一大悲哀和忧郁。他的忧郁是方方面面的，对巴黎这座“病城”，对生活在这座“病城”中，包括他自己在内的所有不幸者，忧莫大焉。

波德莱尔在《火箭》中写道：“我发现了美，我自己的美的定义，这是一种颇热烈的忧伤，又有些模模糊糊，可任人臆测……神秘、悔恨，也是美的特点……忧郁乃是美的出色伴侣，我很难想象有什么美的典型没有不幸相伴随……”

无怪乎“忧郁”一词出现的频率如此之高，我总算大致理出个头绪了。波德莱尔在诗中展示这么多丑恶、畸形和变态的东西，正是他在现代社会所看到的各种不幸和苦难，他统称之为“恶”。恶是他忧郁的根源，也是他创作的源泉。他抱着忧郁的情怀，将他所观察到的种种恶化为理念，再围绕这些理念组织一次性的形象，最后通过诗的形式引出深刻的人生哲理。恶之花朵，这种精神的创造物，就是诗人所说的“发掘恶中之美”了。

从恶中发掘出来的独特的美，同浪漫派的明显区别，体现在波德莱尔的内在的批评意识。《恶之花》分六部分，就是由批评意识这条线贯穿起来的。波德莱尔身处“挤满友朋深渊的地狱”，心则向往着天堂，“让微贱之物的命运变得高贵”，套句中国的老话，便是“心忧天下”。这“忧郁”的核心正是批评精神。正如他在诗歌中所表达的，无论追求艺术的美，还是陶醉于爱情之中，无论直面现实的丑陋而失望，还是乞灵于酒而放浪，无论疾呼反抗，还是乘死亡之船远航，都是他自我批评和批判现实的方式。他的批评精神是纯粹彻底的，丝毫也不掩饰他的恶行，灵魂的肮脏，他的苦闷和彷徨，而且死也不甘心：

倒出你（死亡）的毒药，激励我们远航！
只要这火还灼着头脑，我们必
深入渊底，地狱天堂又有何妨？
到未知世界之底去发现新奇！

《恶之花》以《死亡》组诗结束，意味深长。诗人的所谓“死亡”，只是新的远航，这是他向旧世界发出的新的挑战：“到未知世界之底去发现新奇！”奥斯卡·王尔德说得好：“想象力只是模仿，批评精神才是创造……没有批评精神，就没有任何名实相符的艺术创造……艺术家凭借敏锐的选择意识、微妙的选择本能为我们创造生活，并赋予它某种暂时的完美。这种挑选意识，这种难以捉摸的省略分寸，不是别的，正是批评能力最具特色的一个方面，不具备这种能力的人，根本无法进行艺术创造。”

在波德莱尔的诗作中，这种批评精神就是现代性的具体表现。将美内在化、精神化，是他脱胎于浪漫主义的创新，从而开启了诗歌的新时代。关于这一点，我长时间认识不清，就很难理解为什么波德莱尔在全世界那么受推重。批评精神极强的纪德讲过一段精辟的话，有助于透彻地理解波德莱尔，不妨摘录于此：

> 波德莱尔之所以流传后世，靠的正是形式的完美……这种完美显然与比方说埃雪迪亚的十四行诗的完美有很大不同，后一种完美纯粹是拉丁式的，讲究逻辑并可以解释。我们的语言过于经常地满足于这种完美，倒不是因为在一些作品中，主要在拉辛的诗句中，发现不了有损外在完美的一种更隐蔽的，已带乐感的，但好像不为他所知的完美——如果人们刚刚意识到这种完美，我以为并不言过其实。——波德莱尔第一个并审慎地将这隐秘的完美当作自己作诗的目的和理由，因此诗歌——不仅法国诗歌，还有德国诗歌和英国诗歌——欧洲诗歌，在《恶之花》之后，不可能保持不变……诗歌从此不再面向同样的心智之门，它给自己提出了一个新的目标。

在《恶之花》之后，欧洲的诗歌变了，至少我是法国诗歌这种变化的一个亲历的证人。我翻译《巴黎的忧郁》依据的原著，是法国南特大学终身教授让-吕克·斯坦麦茨整理并作序的注释本。他是我多年的朋友，把他成书的学术研究成果赠给我。他不仅是研究波德莱尔、兰波等诗人的专家，还是位诗人。出于友情，我翻译了他的诗集《天之线》中十三首诗，介绍给中国读者，发表在《世界文学》杂志2002年第二期上。问题是我翻译的过程中，心里不免有几分恼火（当然是针对法国当代诗歌），在短短的介绍中，不由得发出这样的疑问："较之以前的诗歌，当代诗歌是易懂还是难懂了，离读者近了还是远了？"还称斯坦麦茨的诗为学院派，实在是不得要领。现在想来，当时我所感到的尴尬和困惑，正是不理解《恶之花》之后诗歌发生变化的缘故。斯坦麦茨的诗风可以说是一个例证，表明波德莱尔影响的深远。诗歌美好内在化、精神化，难说离读者远了，但肯定离灵魂近了。

目录 Contents

恶之花

忧郁和理想

巴黎风貌

酒

恶之花

反 抗

死 亡

巴黎的忧郁

恶 之 花

郭宏安 译

忧郁和理想

告　读　者[①]

读者们啊，谬误、罪孽、吝啬、愚昧，
占据人的精神，折磨人的肉体，
就好像乞丐喂养他们的虱子，
我们喂养着我们可爱的痛悔。

我们的罪顽固，我们的悔怯懦；
我们为坦白要求巨大的酬劳，
我们高兴地走上泥泞的大道，
以为不值钱的泪能洗掉污浊。

① 本诗在各版《恶之花》中均被置于卷首，首次发表于1855年6月1日《两世界评论》。

在恶的枕上，三倍伟大的撒旦[1]，
久久抚慰我们受蛊惑的精神，
我们的意志是块纯净的黄金，
却被这位大化学家化作轻烟。

是魔鬼牵着使我们活动的线！
腐败恶臭，我们觉得魅力十足；
每天我们都向地狱迈进一步，
穿过恶浊的黑夜却并无反感。

像一个贫穷的荡子，亲吻吮吸
一个老妓的备受摧残的乳房，
我们把路上偷来的快乐隐藏，
紧紧抓住，像在挤一枚老橙子。

像万千蠕虫密匝匝挤到一处，
一群魔鬼在我们脑子里狂饮，
我们张口吮吸，胸膛里的死神。
就像看不见的河，呻吟着奔出。

① 指在希腊神话中司魔术、秘术、预言等的赫耳墨斯（Hermes），“三倍伟大”这个词通常用于形容他。

如果说奸淫、毒药、匕首和火焰
尚未把它们可笑滑稽的图样
绣在我们的可悲的命运之上，
唉！那是我们的灵魂不够大胆。

我们罪孽的动物园污秽不堪，
有豺、豹子、母狗、猴子、蝎子、秃鹫，
还有毒蛇，这些怪物东奔西走，
咆哮，爬行，发出了低沉的叫喊，

有一个更丑陋、更凶恶、更卑鄙！
它不张牙舞爪，也不大喊大叫，
却往往把大地化作荒芜不毛，
还打着哈欠将世界一口吞噬。

它叫“无聊”！——眼中带着无意的泪，
它吸着水烟筒，梦想着断头台，
读者，你认识这爱挑剔的妖怪，
——虚伪的读者——我的兄弟和同类！

祝　福[1]

当至高无上的十能天神命令
诗人在这厌倦的世界上出现，
他的母亲惊恐万分，骂不绝声，
对着怜悯她的上帝握紧双拳：

“啊！我宁愿生下的是一团毒蛇，
也不愿喂养这招人耻笑的东西！
真该诅咒啊那片刻欢娱的一夜，
我腹中开始孕育我的赎罪祭礼！

“既然你已在女人中把我选出，
让我受到那可怜丈夫的憎厌，
我就不能把这长不好的怪物，
好像一纸情书那样扔进火焰，

① 本诗首次发表于1857年《恶之花》初版，第一首。

“我就把你那将我压垮的憎恶
朝着你恶意诅咒的工具[1]淋浇，
我还要扭伤这株悲惨的小树，
让它长不出染上瘟疫的花苞！”

她就这样咽下她仇恨的涎沫，
因为她不能理解上天的意图，
她自己正在地狱的深处堆垛
为了惩罚母罪而准备的柴木。

然而，有一位天使的暗中保佑，
这个被弃的孩子陶醉于阳光，
在他所喝的所吃的东西里头，
又发现了美味和红色的琼浆。

他和风儿嬉戏，他与云彩说话，
在十字架的路上歌唱与陶醉；
他朝圣的途中，精神跟随着他，
看见他快乐如林中鸟而流泪。

① 指诗人。

他想爱的人望着他，胆战心惊，
或者，看见他不急不躁竟胆敢
看一看谁能惹得他抱怨一声，
在他的身上试试他们的凶残。

在供他吃的面包和葡萄酒里，
他们掺进灰尘和不洁的唾沫，
还虚伪地扔掉他触过的东西，
因把脚踏进他的足迹而自责。

他的妻子要到广场上去吆喝：
“既然他觉得我美丽，值得崇拜，
我就要履行古代偶像的职责，
像她们一样，全身用黄金覆盖；

“我将陶醉于乳香、没药、甘松香，
还有鱼肉、葡萄酒和跪拜礼，
看看我能否在崇拜我的心上
笑盈盈地僭取对神祇的敬意！

“我对这亵渎的闹剧感到无聊，
就朝他伸出手，柔弱却有力量，

我的指甲像哈比[1]的利爪，
会抓出一条路直达他的心脏。

“像抓住一只突突颤抖的小鸟，
我从他胸中掏出鲜红的心脏，
然后，为了让我的宠物吃个饱，
我满怀着轻蔑把它扔在地上！”

宁静的诗人举起虔诚的手臂，
他看见天上有一壮丽的宝座，
他那清醒的头脑啊光辉无际，
把愤怒人群的场面替他掩遮：

“感谢您，我的上帝，是您把痛苦
当作了圣药疗治我们的不洁，
当作了最精美最纯粹的甘露，
让强者准备享受神圣的快乐！

“我知道您为诗人保留了位置，
在圣徒队的真福者行列中间，

① Harpy，希腊神话中鸟身女面的怪物，有翼及利爪。

您请他参加宝座天使、力天使
和权天使的永远不散的欢宴。

“我知道痛苦乃是唯一的高贵，
无论人世和地狱都不能腐蚀，
为了把我那神秘的冠冕编缀，
须将一切时代一切领域征集。

“但古代帕尔米拉[①]遗失的宝贝，
不为人知的金属，大海的明珠，
即使您亲手镶嵌，也不能匹配
这顶美丽的冠冕，明亮而炫目；

“因为它只用纯净的光明制作，
从原始光的神圣的炉中淬提，
凡人的眼睛在最深邃的时刻
也不过是些模糊哀愁的镜子！”

① Palmyra，叙利亚古代名城，相传为所罗门王所建，今已成废墟。

信　天　翁[①]

水手们啊常常为了开心取乐，
捉住信天翁，这些海上的飞禽，
它们懒懒地追寻陪伴着旅客，
而船是在苦涩的深渊上滑进。

一旦水手们将其放在甲板上，
这些青天之王，既笨拙又羞惭，
就可怜地垂下了雪白的翅膀，
仿佛两只桨拖在它们的身边。

这有翼的旅行者啊多么靡萎！
往日何其健美，而今丑陋可笑！
有的水手用烟斗戏弄它的嘴，
有的又跛着脚学这残废的鸟！

① 本诗首次发表于1859年2月。

诗人啊就好像这位云中之君，
出没于暴风雨，敢把弓手笑看：
一旦落地，就被嘘声围得紧紧，
长羽大翼，反而使它步履艰难。

高翔远举[1]

飞过池塘，飞过峡谷，飞过高山，
飞过森林，飞过云霞，飞过大海，
飞到太阳之外，飞到九霄之外，
越过了群星灿烂的天宇边缘，

我的精神啊，你活动轻灵矫健，
仿佛弄潮儿在浪里荡魄销魂。
你在深邃浩瀚中快乐地耕耘，
怀着无法言说的雄健的快感。

远远地飞离那些致病的腐恶，
飞到高空中去把你净化涤荡，
就好像啜饮纯洁神圣的酒浆，
啜饮那弥漫澄宇的光明的火。

① 本诗首次发表于1859年5月17日《阿朗松报》。

在厌倦和巨大的忧伤的后面，
它们充塞着雾霭沉沉的生存，
幸福的是那个羽翼坚强的人，
他能够飞向明亮安详的田园；

他的思想就像那百灵鸟一般，
在清晨自由自在地冲向苍穹，
——翱翔在生活之上，轻易地听懂
花儿以及无声的万物的语言。

应　　和[1]

自然是座庙宇，那里活的柱子
有时说出了模模糊糊的话音；
人从那里过，穿越象征的森林，
森林用熟识的目光将他注视。

如同悠长的回声遥遥地汇合
在一个混沌深邃的统一体中
广大浩漫好像黑夜连着光明——
芳香、颜色和声音在互相应和。

有的芳香新鲜若儿童的肌肤，
柔和如双簧管，青翠如绿草场，
——别的则朽腐、浓郁，涵盖了万物。

① 本诗首次发表于《恶之花》初版，第四首。

像无极无限的东西四散飞扬，
如同龙涎香、麝香、安息香、乳香
那样歌唱精神与感觉的激昂。

我爱回忆那没有遮掩的岁月[1]

我爱回忆那没有遮掩的岁月，
福玻斯[2]爱给其雕像涂上金色。
那时候男人和女人敏捷灵活，
既无忧愁，也无虚假，尽情享乐；
多情的太阳爱抚他们的脊梁，
他们就显示高贵器官的强壮。
库珀勒[3]也慷慨大方，肥沃多产，
并不把子女看成过重的负担，
却好像心怀广博之爱的母狼，
让普天下吮吸她褐色的乳房。
男子汉个个优雅健壮，有权利
因美女拜他为王而扬扬得意；
她们是鲜果，无损伤也无裂口，
让人想咬一口光滑结实的肉。

① 本诗首次发表于《恶之花》初版，第五首。
② Phoebus，希腊神话中的太阳神。
③ Cybele，古代小亚细亚人崇拜的自然女神。

今日之诗人，如果他要想象出
这种天赋的伟大，如果置身于
男人和女人露出裸体的场面，
对着这惊恐万状的阴暗画卷，
会感到阴风冷气裹住了魂灵。
啊，因没有衣衫而悲伤的畸形！
啊，可笑的躯干！胸膛必须遮掩！
啊，真可怜，弯曲，松弛，大腹便便！
你们这些孩子，被冷酷泰然的
“实用”之神用青铜的襁褓裹起！
还有你们女人，唉，蜡一般苍白，
放荡养活你们，又把你们损害，
而你们处女，继承母亲的罪孽。
还有那多生多产的一切丑恶！

我们是一些已被腐化的民族，
确有这种美女古人不曾目睹：
面孔因为心脏的溃疡而憔悴，
如人所说，一种萎靡忧郁的美；
然而我们迟生的缪斯的发明
永远也阻止不了患病的生灵
向青春致以发自内心的敬意，

——圣洁的青春，神色单纯，面容甜蜜，
清澈明亮的眼睛像流水无瑕，
她无忧无虑，如蓝天、飞鸟、鲜花，
将在万物之上倾注她的芬芳，
她的甜蜜的热情和她的歌唱！

灯　　塔[1]

鲁本斯[2]，懒散的乐土，遗忘之川，
新鲜的肉枕头，其上虽不能爱，
却汇聚生命的洪流，骚动不断，
就仿佛天上的空气，海中的海；

莱奥纳多·达·芬奇，深邃幽暗的镜，
映照着迷人的天使笑意浅浅，
充满神秘，有冰峰松林的阴影，
伴随他们出现在闭锁的家园；

伦勃朗，愁惨的医院细语呶呶，
一个大十字架是仅有的饰物，
垃圾堆中发出了哭诉的祈祷，
突然有一抹冬日的阳光射入；

① 本诗首次发表于《恶之花》初版，第六首。
② Peter Paul Rubens（1577—1640），佛兰德斯画家。

米开朗琪罗，但见那无名之地，
力士基督徒杂然一处，霞光中
一些强有力的幽灵傲然挺立。
张开五指撕碎了裹尸布一重；

农牧神[1]的无耻，拳击手的义愤，
你呀，你善于把粗汉的美汇集，
骄傲伟大的心，软弱萎黄的人，
布杰[2]，你这苦役犯忧郁的皇帝；

华托[3]，狂欢节许多卓越的心灵，
蝴蝶一般到处游荡，闪闪发光，
灯火照亮了新鲜轻盈的布景，
使这旋风般的舞会如癫如狂；

戈雅[4]充满着未知之物的噩梦，
巫魔夜会中人们把胎儿烹煮，
揽镜自照的老妇，赤裸的儿童，
好让魔鬼们理好它们的袜子；

① 即希腊神话中的潘神（Pan），司山林畜牧，性喜嬉戏。
② Pierre Puget（1620—1694），法国画家。
③ Antoine Watteau（1684—1721），法国画家。
④ Francisco de Goya（1746—1828），西班牙画家。

血湖里恶煞出没，德拉克洛瓦[1]，
周围有四季常青的树林遮蔽，
奇怪的号声在忧愁的天空下
飘过，仿佛韦伯[2]被压抑的叹息；

这些诅咒，这些谴责，这些抱怨，
这陶醉，呼喊，哭泣，感恩赞美诗，
往复回荡在千百座迷宫中间，
如神圣的鸦片给了凡夫俗子；

这是千百个哨兵重复的呐喊，
是千百个喊话筒传递的命令，
是灯塔在千百座城堡上点燃，
是密林中迷路的猎人的呼应；

上帝，这确是我们所能给予的
关于我们的尊严的最好证明，
这是代代相传的热切的哭泣，
它刚消逝在悠悠永恒的边境！

---

① Eugène Delacroix（1798—1863），法国画家。
② Carl Maria von Weber（1786—1826），德国作曲家。

病　缪　斯[1]

可怜的缪斯，唉！今晨你不舒服？
深陷的两眼充满了憧憧夜影，
我见你的脸色中交替地映出
疯狂和恐惧，都是沉默又冰冷。

是绿色的淫鬼[2]和粉色的妖精
用小瓶向你洒下爱情和恐怖？
这是噩梦的手既专横又任性，
把你淹进传说的明图纳[3]深处？

我愿你充满强大思想的胸膛
总有人造访，散发健康的芳香，
你基督徒的血有节奏地奔涌，

① 本诗首次发表于《恶之花》初版，第七首。
② 一种化身为女人引诱男子的魔鬼。
③ Minturnes，罗马南部的沼泽。罗马将军玛里乌斯兵败，被敌手苏拉追赶，藏身于此，水淹至口，人皆不敢杀，后逃脱。

像古代音节和谐的声响之中，
轮流坐王位的是歌曲的父亲
福玻斯，丰收之主伟大的潘神。

稻粱诗神[①]

啊我心灵的诗神，味觉的情侣，
当严寒的一月放出它的北风，
在那雪夜的黑色的厌倦之中。
你可有火烘烤你青紫的双足？

那漆黑的夜光穿透了百叶窗，
你能温暖你冻痕累累的双肩？
钱袋空空如同你的口腹一般，
你可会从青天上把黄金收藏？

为了挣得那每晚糊口的面包，
你得像那唱诗童把香炉轻摇，
唱你并不相信的感恩赞美诗，

或像饥饿的卖艺人做尽手脚，

① 本诗首次发表于《恶之花》初版，第八首。

以博得凡夫俗子的捧腹大笑，
君不见你的笑却被泪水浸湿。

人 与 海[1]

自由的人，你将永把大海爱恋！
海是你的镜子，你在波涛无尽、
奔涌无限之中静观你的灵魂，
你的精神是同样痛苦的深渊。

你喜欢沉浸在你的形象之中；
你用眼用手臂拥抱它，你的心
面对这粗野、狂放不羁的呻吟，
有时倒可以排遣自己的骚动。

你们两个都是阴郁而又谨慎：
人啊，无人探过你的深渊之底；
海啊，无人知道你深藏的财富，
你们把秘密保守得如此小心！

① 本诗首次发表于1852年10月《巴黎评论》。

然而，不知过了多少个世纪，
你们不怜悯，不悔恨，斗狠争强，
你们那样喜欢残杀和死亡，
啊，永远的斗士，啊，无情的兄弟！

唐璜下地狱[1]

当唐璜落在那条地下的河旁，
交渡资给卡隆[2]，这阴沉的乞丐
露出了安地善[3]般傲慢的目光，
强壮复仇的手执桨划了起来。

女人在黑漆漆的天空下扭曲，
露出下垂乳房和敞开的衣袍，
仿佛一大群献作牺牲的牲畜，
在他身后发出了长长的号叫。

斯卡纳赖[4]笑着向他索要工钱，
唐路易[5]则伸出了颤抖的手指，

① 本诗首次发表于1846年9月6日《艺术家》。
② Charon，希腊神话中冥河的司渡者。
③ Antisthenes（前445—前365），古希腊哲人。
④ 唐璜的仆人。莫里哀《唐璜》第五幕第七场，斯卡纳赖见主人遭雷击，工钱落空，叫道：“啊，我的工钱！我的工钱！”
⑤ 唐璜之父，他曾教训逆子，见莫里哀《唐璜》第四幕第五场。

让游荡在河岸上的亡魂看看
这竟敢嘲笑白头老父的忤逆。

艾尔维[1]贞洁瘦削，瑟瑟地戴孝，
在这负心丈夫昔日情郎身旁，
似乎求他再绽出最后的一笑，
让他最初的盟誓再闪出光亮。

那直挺挺的石头[2]，身披着盔甲，
手执木棒，切开了黑色的浪波；
可这位镇定的英雄，俯靠长铗，
只望着船迹，其余的皆属不屑。

① 唐璜的情妇。唐璜把她从修道院中勾引出来，始乱终弃，事见莫里哀《唐璜》。

② 唐璜诱骗一少女，决斗中剑杀其父。后唐璜偶经死者之墓，戏邀墓前石像吃饭。当晚，石像到唐璜家中赴宴，顷刻雷电交加，唐璜被殛，堕入地狱。

美[1]

凡人啊！我像石头的梦一样美，
我的胸脯生就令诗人们动情，
那爱情像物质一样无言、永恒，
诗人却一个个碰得伤痕累累。

我高踞蓝天，难解如狮身女妖；
心比莹雪，纯洁似天鹅的羽绒；
我不喜欢打乱了线条的运动，
我从来也不哭，我从来也不笑。

我仿佛从最高傲的雕像那里
借来了庄严的姿态，而诗人们
将在刻苦的钻研中耗尽时日；

因为，要迷住这些温顺的情人，

① 本诗首次发表于1857年4月20日《法兰西评论》。

我有明镜使万物把美色增添；
我的眼，闪着永恒之光的大眼！

理　　想[1]

绝对不是那种画片上的美媛，
那种无聊时代的变质的产品，
脚踏高帮皮鞋，指上玩着响板，
能够满足像我这样的一颗心。

我留给加瓦尔尼[2]，萎黄病的诗翁，
他的那些病院美女、嘈嘈群氓，
因为在这些苍白的玫瑰花中，
没有一朵像我那红色的理想。

这颗心深似渊谷，麦克白夫人[3]，
它需要的是你呀，罪恶的灵魂，
迎风怒放的埃斯库罗斯[4]的梦，

① 本诗首次发表于1851年4月9日《议会信使》。
② Paul Gavarni（1804—1866），法国画家。
③ 莎士比亚悲剧《麦克白》中的女主人公。
④ Aeschylus（前525—前456），古希腊悲剧诗人。

或伟大的《夜》[1]米开朗琪罗之女，
你坦然地摆出了奇特的姿势，
那魅力正与泰坦[2]的口味相应。

① 米开朗琪罗著名的作品。
② Titans，希腊神话中的巨人族。

女 巨 人[1]

从前大自然的兴致热烈狂放，
每天都在把巨大的孩子制造，
我真想待在庞然的女郎身旁，
仿佛女王脚下一只淫逸的猫。

我真想看见她灵肉一齐开花，
在可怕的嬉戏中自由地成熟；
猜想她心中是否暗藏着欲火，
映着她眼中飘浮的潮湿的雾；

我随意地游遍她壮丽的身躯，
在她巨膝的斜坡上爬来爬去，
有时灼人的阳光，那是在盛夏，

晒得她疲倦了，她躺在原野上，

① 本诗首次发表于1857年4月20日《法兰西评论》。

我就想酣睡在她乳房的阴下，
仿佛山脚下一座平静的村庄。

面　　具[1]

具有文艺复兴风格的寓意像
给雕刻家恩斯特·克里斯托夫

看看这佛罗伦萨风韵的宝贝：
这筋肉饱满的胴体的曲线里，
充溢着优雅、力量，神圣的姐妹。
这女人，的确是个神奇的东西，
天神般健壮，令人爱慕地苗条，
生来就是要端坐豪华的床笫，
足供闲暇的主教或君王逍遥。

——再看看那微笑肉感而又细腻，
自命不凡在其中把狂喜张扬；
幽长的目光狡诈、慵倦又讥诮；
一握轻纱围住了小巧的面庞，

① 本诗首次发表于1859年11月30日《当代评论》。

每个线条都得意扬扬地说道：
“肉感呼唤我，爱情给我戴花饰！”
看看这个人禀有何等的尊严，
优雅赋予她多么迷人的魅力！
近些，让我们围着她的美流连。
啊，亵渎艺术！啊，逃不脱的惊骇！
这女人许诺幸福，有神的肉体，
从上面看竟是个双头的妖怪！

——不！那不过是面具，外加的装饰，
这面庞闪耀着一种美妙怪相，
看哪，在这里，残酷地抽搐缩蜷，
她真正的脑袋，她诚挚的面庞，
朝上看，藏在骗人的脸的下面。
可怜啊，高贵的美！你的泪流成
壮丽的河，直流进我不安的心；
你的假象令我陶醉，我的魂灵
在你眼中痛苦的波涛中畅饮！

——可她为什么哭？她这完善的美，
让失败的人类在她脚下拜倒，
什么神秘的恶咬她矫健的腿？

——她哭，傻瓜，因为她已生活过了！
因为她还在生活，但她哀叹的，
就是那明天，唉！明天还得生活！
明天，后天，永远！——如同我们一般！

献给美的颂歌[1]

你来自幽深的天空，还是地狱，
美啊？你的目光既可怕又神圣，
一股脑儿倾泻着罪恶和善举，
因此人们把你和酒浆相比并。

你的眼睛包含着落日和黎明；
你像雷雨的黄昏把芳香播散；
你的吻是春药，你的嘴是药瓶，
能使英雄怯懦，又使儿童勇敢。

你出自黑色深渊，或降自星辰？
命运受惑，像狗追随在你裙下；
你随意地播种着灾祸和欢欣，
你统治一切，却没有任何报答。

① 本诗首次发表于1860年10月15日《艺术家》。

美，你在死人身上走，还要嘲弄；
你的首饰中有魅力的是恐怖，
凶杀在你最珍爱的小饰物中，
在你骄傲的肚皮上淫靡起舞。

蜉蝣花了眼，朝你这蜡烛飞去，
嘶的一声烧着，还说：火炬有福！
情郎俯在美人身上气喘吁吁。
好像垂死的人抚爱他的坟墓。

这有何妨，你来自天上或地狱？
啊美！你这怪物，巨大、纯朴、骇人！
只要你的眼、你的笑、你的双足
打开我爱而不识的无限之门！

这有何妨，你来自上帝或魔王？
天使或海妖？——目光温柔的仙女，
你是节奏、香气、光明，至尊女皇！——
只要世界少丑恶、光阴少重负！

异域的芳香[①]

一个闷热的秋夜，我合上双眼，
呼吸着你滚烫的胸脯的芳香，
我看见幸福的海岸伸向远方，
单调的阳光照得它神迷目眩；

一座慵懒的岛，大自然奉献出
奇特的树木，美味可口的果品，
身材修长和四肢强健的男人，
还有目光坦白得惊人的女子。

被你的芳香引向迷人的地方，
我看见一个港，满是风帆桅樯，
都还颠簸在大海的波浪之中，

同时那绿色的罗望子的芬芳——

① 本诗首次发表于1857年5月17日《阿朗松报》。

在空中浮动又充塞我的鼻孔，
在我的心中和入水手的歌唱。

腐　尸[1]

亲爱的，想想我们见过的东西，
夏日的清晨多温和：
小路拐弯处一具丑恶的腐尸，
在碎石的床上横卧，

仿佛淫荡的女人，把两腿高抬，
热乎乎地冒着毒气，
她懒洋洋地，恬不知耻地敞开
那臭气熏天的肚子。

太阳照射着这腐烂的一大团，
像要把它烤得透熟，
仿佛要向大自然百倍地归还
它结为一体的万物；

① 本诗作于1843年之前，首次发表于《恶之花》初版，在1861年版中是第二十九首。诗中的“腐尸”一般认为是一具狗的尸体。

天空凝视着，这尸体真是绝妙，
像花朵一样地开放。
臭气那样强烈，你觉得就要
昏厥晕倒在草地上。

腐败的肚子上苍蝇嗡嗡聚集，
黑压压一大群蛆虫
爬出来，好像一股黏稠的液体，
顺着活的皮囊流动。

它们爬上爬下仿佛浪潮阵阵，
横冲直撞亮光闪闪；
仿佛有一股混沌的气息吹进，
这具躯体仍在繁衍。

这世界奏出一阵奇特的音乐，
好像流水，又好像风，
像簸谷者做出有节奏的动作，
把籽粒颠簸和搅动。

形式已消失，只留下依稀的梦，
一张迟来的草稿图，

在遗忘的画布上，画家的完成
仅仅凭着记忆复出。

一只母狗愤怒地把我们观望，
焦躁不安，躲在石后，
等待着时机，要从尸骸的身上，
重新咬住那一块肉。

——而将来您也会像这垃圾一样，
像这恶臭可怖可惊，
我眼睛的星辰，我天性的太阳，
您，我的天使和激情！

是的，您将如此，哦优美之女王，
领过临终圣礼之后，
当您步入草底和花下的辰光，
在累累白骨间腐朽。

那时，我的美人啊，告诉那些蛆，
接吻似的把您啃噬：
我的爱虽已解体，但我却记住，
其形式和神圣本质！

从深处求告[①]

我求你怜悯，你呀，我唯一的爱，
从阴暗的渊底，心已掉了进去。
铅色的天际，是个愁闷的地域，
黑夜里恐怖和亵渎游去荡来；

一个不热的太阳飘浮六个月，
另六个月里黑夜笼罩着大地；
这是个比极地还荒芜的国度；
——没有野兽和溪流、树木和绿色！

所以世界上没有恐怖能超出
这冰一样的太阳寒冷的残酷
和太古混沌一样的黑夜茫茫；

我羡慕最卑贱的动物的境况，

① 本诗首次发表于1851年4月9日《议会信使》。

它们能沉入浑浑噩噩的睡眠，

可时间的线团倒得如此之慢！

吸　血　鬼[1]

你呀，仿佛一把尖刀，
扎进我呻吟的心里，
你呀，壮似一群魔妖，
疯疯癫癫，盛装而至，

把我那受辱的精神，
做成你的床和地产
——我和无耻连得紧紧，
像苦役犯拖着锁链，

像赌棍离不开赌博，
像酒鬼离不开酒瓶，
像腐尸离不开蛆虫，
——恶魔呀，你真是恶魔！

① 本诗首次发表于1855年6月1日《两世界评论》。

我请求有一把快刀，
斩断锁链还我自由，
我请求有一剂毒药，
来把我的软弱援救。

唉，毒药和快刀都说，
对我充满傲慢蔑视：
“你不值得人们解脱
你那可诅咒的奴役，

“蠢货，如果我们努力
使你摆脱她的王国，
你的亲吻又将复活
你那吸血鬼的尸体！”

阳 台[1]

我的回忆之母，情人中的情人，
我全部的快乐，我全部的敬意！
你呀，你可曾记得抚爱之温存，
那炉边的温馨，那黄昏的魅力，
我的回忆之母，情人中的情人！

那些傍晚，有熊熊的炭火映照，
阳台上的黄昏，玫瑰色的氤氲。
你的乳房多温暖，你的心多好！
我们常把些不朽的事情谈论。
那些傍晚，有熊熊的炭火映照。

温暖的黄昏里阳光多么美丽！
宇宙多么深邃，心灵多么坚强！

① 本诗首次发表于1857年5月17日《阿朗松报》，是1861年版《恶之花》的第三十六首，一向以其音乐性为人称道。

我崇拜的女王，当我俯身向你，
我好像闻到你的血液的芳香，
温暖的黄昏里阳光多么美丽！

夜色转浓，仿佛隔板慢慢关好，
暗中我的眼睛猜到你的眼睛，
我啜饮你的气息，蜜糖啊毒药！
你的脚在我友爱的手中入梦。
夜色转浓，仿佛隔板慢慢关好。

我知道怎样召回幸福的时辰，
蜷缩在你的膝间，我重温过去。
因为呀，你慵倦的美哪里去寻，
除了你温存的心、可爱的身躯？
我知道怎样召回幸福的时辰。

那些盟誓、芬芳、无休止的亲吻，
可会复生于不可测知的深渊，
就像在深邃的海底沐浴干净、
重获青春的太阳又升上青天？
那些盟誓、芬芳、无休止的亲吻。

魔鬼附身者[1]

太阳蒙上一重黑纱，像它一般，
哦。我生命的月亮，裹上阴影吧；
睡觉抽烟，随便；别快活，别说话，
整个地沉入无聊做成的深渊；

我喜欢你这样！可今天你若要，
如一颗走出黑暗的被遮的星，
在拥挤着疯狂的地方摆威风，
那好！迷人的匕首，就让你出鞘！

用吊灯的烛火照亮你的眸子！
在乡巴佬的目光里点燃情欲！
我喜欢你的一切，活跃或有病；

① 本诗首次发表于1859年1月20日《法兰西杂志》。这是一首咏让娜·杜瓦尔的诗。

随便吧，黑色的夜，红色的晨曦；
我颤抖的身上没有一根神经
不叫："亲爱的别西卜[①]呀，我崇拜你！"

① Beelzebub，《圣经》中鬼王之名。

一 个 幽 灵[1]

一 黑夜

有一座忧凄难测的地窖，
命运已把我丢弃在那里，
粉红快活的阳光进不去，
我独自陪伴阴郁的夜神，

我像个画家，上帝嘲弄人，
唉！判处我把黑夜来描绘；
用令人悲伤的东西调味，
我把我的心煮来当食品，

一个优雅而光辉的幽灵，
不时地闪亮，伸长，又展开，

① 本诗首次发表于1860年10月15日《艺术家》。

直到显出了整个的身影。

从那梦似的、东方的姿态，
我认出了我的美人来访：
这就是她啊！黝黑而明亮。

二　芳香

读者啊，你可曾有过几次
醺然悠然地品味着一样，
闻闻香囊中的陈年麝香
或者弥漫着教堂的香粒？

深而奇的魅力令人醉煞，
往日的岁月在现在复现！
情人在珍爱的躯体上面
采撷回忆之美妙的鲜花。

她柔软的头发又厚又沉，
活的香囊，深闺里的香炉，
有蛮荒野兽的气味袅出，

还有细布或丝绒的衣裙，
也把她纯洁的青春充溢，
散发出一种毛皮的香气。

三　画框

一幅画镶上漂亮的画框，
尽管出自很有名的画笔，
当它与广大的自然分离，
总有无名的奇特和迷狂。

珠宝、家具、金属、包金饰物，
正与她稀世的美相配匹，
她无瑕的光芒无法遮蔽，
都像是画框听凭她摆布。

甚至有时候她竟然以为
万物都把她爱恋；她也会
满怀快感地把她的裸体

淹没于绫罗绸缎的亲吻，
或疾或徐地扭动着腰肢，
显示出猴子的优雅天真。

四　肖像

种种情火为我们飞烈焰。
疾病和死亡将其化成灰。
那么热情而温柔的大眼，
那张吞没了我的心的嘴，

像白藓[1]一样浓郁的亲吻，
比阳光还要炽热的情怀，
还剩下什么？可怕，哦灵魂！
唯有三色的图[2]，十分苍白，

像我一样在孤独中死去，
而时间，这不公正的老头，
每天都用硬硬的翅擦拭……

生命，艺术的阴险凶手，
你不能在记忆中杀死她，
她曾是我的快乐和荣华！

---

① 芸香科植物，气味浓郁。
② 一种用黑笔、红笔、白笔在彩纸上画的素描。

我赠你这些诗，如果我的名字[①]

我赠你这些诗，如果我的名字，
能幸运地在遥远的后世登上
朔风劲吹下扬帆的一艘大舫，
晚上让世人的脑子魂牵梦系，

仿佛无稽的传说[②]，对你的怀想，
扬琴一般让读者感到了疲倦，
却因一种友好而神秘的链环
永远地挂在我高傲的韵脚上；

你被诅咒，从深不可测的渊底
到最高的天，除了我无人理你！
——你啊，好像是倏忽即逝的幽灵，

① 本诗首次发表于1857年4月20日《法兰西评论》。这是最后一首咏让娜·杜瓦尔的诗。

② 有“陈词滥调”之意。

用轻盈的双脚和平静的目光
践踏那些认为你尖刻的愚人，
眼若煤玉，额似青铜，你这雕像！

今晚你将说什么，孤独的灵魂[①]

今晚你将说什么，孤独的灵魂
我的心、憔悴的心，你将说什么，
对那个很美、很好、很亲近的人？
她目光神圣，你突然青春重获。

——我们用我们的骄傲把她颂扬，
她的威严比什么都温柔甜蜜，
她的超凡肉体有天使的馨香，
她的眼给我们披上了光之衣，

无论是在黑夜，还是在孤独中，
无论是在小巷，还是在人群中，
她的幽灵有如火炬在空中飞，

① 本诗首次发表于1855年1月15日《巴黎评论》，咏唱的对象是萨巴蒂埃夫人。

有时她说："我是美的，我命令你，
为了我的爱情，你只能热爱美，
我是天使，我是缪斯，我是圣母。"

活的火把[①]

走在前面的这眼睛充满光明，
定有大智的天使给了它磁力；
走啊，这神圣的兄弟是我兄弟，
把钻石般的火摇进我的眼睛。

它从陷阱和重罪中把我救下，
它又把我引上通往美的道路；
它是我的仆人，我是它的顺奴，
我全身心地听从这活的火把。

迷人的眼，神秘的光熠熠闪烁，
如同白日里燃烧的蜡烛；太阳
红彤彤，却盖不住这奇幻的火；

① 本诗首次发表于1857年4月20日《法兰西评论》，咏唱的对象是萨巴蒂埃夫人。

蜡烛庆祝死亡，你把觉醒歌唱；
走啊，一边歌唱我灵魂的觉醒，
你任何太阳也遮掩不住的星！

通　　功[1]

快活的天使啊，你可认识焦灼、
羞愧、悔恨、哭泣、无聊，还有种种
可怕的夜里压迫人心的惊恐，
模模糊糊却像把一张纸揉搓?
快活的天使啊，你可认识焦灼?

善良的天使啊，你可认识恨怨，
暗中握紧的拳头、刻毒的眼泪，
当复仇女神把地狱之鼓敲擂，
并做了我们种种能力的总管?
善良的天使啊，你可认识恨怨?

健康的天使啊，你可认识发热，
沿着苍白的慈善医院的高墙，

① 本诗首次发表于1855年6月1日《两世界评论》，作于1853年，5月3日寄给了萨巴蒂埃夫人。“通功”为天主教神学名词，谓教中人可以彼此通功。

像那些被放逐的人，脚步踉跄，
寻找着稀罕的阳光，嘴唇哆嗦？
健康的天使啊，你可认识发热？

美丽的天使啊，你可认识皱纹，
对衰老的恐惧和可憎的苦恼，
因为我们贪饮的眼睛看出了
情人眼里暗藏着献身的厌恨？
美丽的天使啊，你可认识皱纹？

充满幸福、喜悦和光明的天使，
濒死的大卫王[①]也一定会希望
你迷人身躯散发出来的健康；
然而我只求你为我祈祷，天使，
充满幸福、喜悦和光明的天使！

① 《旧约·列王记上》第一章，“大卫王年纪老迈，虽用被遮盖，仍不觉暖”，臣下劝他“寻找一处女，使她伺候王，奉养王，睡在王的怀中”。

精神的黎明[①]

朱红白亮的晨曦，噬人的理想，
手挽着手射入堕落者的房中，
一种报复性的神秘起了作用，
天使醒了，在沉睡的野兽身上。

精神宇宙的不可企及的碧空，
为了那梦想并痛苦的沮丧者，
带着深渊的吸引力洞开、隐没。
亲爱的女神，澄明纯洁的生命，

愚蠢的欢宴，残羹上烟气缭绕，
你的面影更加清晰、绯红、妩媚，
在我睁大眼睛前不停地翻飞。

太阳的光照黑了蜡烛的火苗；

① 本诗首次发表于1855年6月1日《两世界评论》，为萨巴蒂埃夫人而作。

你的幻影，这光辉灿烂的灵魂，
百战百胜，就像太阳永世长存！

黄昏的和谐[1]

那时辰到了，花儿在枝头颤震，
每一朵都似香炉散发着芬芳；
声音和香气都在晚风中飘荡；
忧郁的圆舞曲，懒洋洋的眩晕！

每一朵都似香炉散发着芬芳；
小提琴幽幽咽咽如受伤的心；
忧郁的圆舞曲，懒洋洋的眩晕！
天空又悲又美，像大祭台一样。

小提琴幽幽咽咽如受伤的心，
温柔的心，憎恶广而黑的死亡！
天空又悲又美，像大祭台一样；
太阳在自己的凝血之中下沉。

① 本诗首次发表于1857年4月20日《法兰西评论》，为萨巴蒂埃夫人而作。

温柔的心，憎恶广而黑的死亡，
收纳着光辉往昔的一切遗痕！
太阳在自己的凝血之中下沉……
想起你就仿佛看见圣体发光！

香 水 瓶[1]

有强烈的芳香，无论什么物质，
都能穿透。据说还能进入玻璃。
若打开一只来自东方的小盒，
锁吱吱地叫唤，喊叫着不快活，

或者在废弃的屋里打开衣柜，
充满岁月的呛味，发黑而多灰，
有时发现旧香水瓶，余香尚存，
活生生地冒出了复现的灵魂。

千万思想沉睡着，像阴森的蛹，
在浓重的黑暗中轻轻地抖动，
它们伸开了翅膀，并飞了起来，
染上了天蓝、蔷薇、黄金的色彩。

① 本诗首次发表于1857年4月20日《法兰西评论》，为萨巴蒂埃夫人而作。

于是，回忆令人沉醉，飞舞翩翩
在浑浊的空气中；闭上眼；眩晕
抓住失败的灵魂，双手推着它，
朝人间疫气的无底黑洞走下；

把它翻倒在古老的深渊边上。
发臭的拉撒路[①]撕破裹尸衣裳，
这幽灵的尸体在复苏中扭动，
不忘变馊的旧情，迷人而阴森。

这样，等到我在世人的记忆里
消失，进入阴森的衣柜角落里，
等到人们扔掉我，旧的空香水瓶，
衰朽、多灰、肮脏、卑鄙、发黏、裂纹，

我将做你的棺材，可爱的疫瘟！
做你的力量与毒性的见证人，
天使调制的珍贵毒药！这液体
啮咬着我，哦我的心的生与死！

---

① Lazarus，《圣经》中记载的人物。病人拉撒路已死四天，葬在墓中，用石头挡着。耶稣叫人挪开石头，唤他出来，死人就出来了，手脚裹着布，脸上包着手巾……事见《新约·约翰福音》第十一章。

毒[1]

葡萄酒善于把最肮脏的破屋
用豪华与神气饰装，
让许多令人难以置信的柱廊
浮出于金黄的红雾，
仿佛一轮落日在多云的天上。

鸦片能扩大无边无际的东西，
而且能把无限延长，
它加深了时间，还把快乐增强，
用阴郁沮丧的快意
装满我们的灵魂，超过其能力。

所有这一切都比不上那种毒
流自你的眼，绿的眼，
那两口湖，我的灵魂颤抖，倒看……

① 本诗首次发表于1857年4月20日《法兰西评论》，为玛丽·多布伦而作。

我的梦幻蜂拥塞途。
来此苦涩的深渊把干渴解除。

这些都比不上你啮人的口涎
所具有的可怕魔力，
把我无悔的灵魂投进遗忘里，
让它感到头晕目眩，
在死亡之岸转得它虚弱不堪！

乌云密布的天空[1]

你的目光仿佛蒙着一重雾气；
你的神秘的眼（蓝的？灰的？绿的？）
时而温柔，时而恍惚，时而凶残，
反射着天空的麻木以及暗淡。

神经受到无名的烦恼的振奋，
过于警醒而嘲弄沉睡的精神，
你唤起明亮、温馨、朦胧的往日，
让迷醉的心灵在泪水中沉溺。

你有时候就像那美丽的天边，
雾季的太阳照得它明亮耀眼……
乌云密布的天空落下了火光，
你这湿润的风景是何等辉煌！

① 本诗首次发表于《恶之花》初版，第四十六首，为玛丽·多布伦而作。

啊危险的女人，啊诱人的地方，
我可会也爱你的白雪和浓霜？
我可能从严寒的冬天里获得
比冰和铁更刺人心肠的快乐？

给一位圣母[1]

西班牙风的还愿品

我愿为你修筑，圣母，我的主妇，
地下的祭坛，在我的痛苦深处，
在我的心的最黑暗的角落里，
远离世俗的欲望、嘲讽的注视，
挖个壁龛，装饰得金碧辉煌，
你挺立在里面，可惊叹的雕像。
用我精练的诗句，纯的金属网，
巧妙地饰以水晶韵脚的星光，
我为你的头做一顶巨大的冠；
凡胎的圣母啊，我再为你裁剪
一件蛮式的大衣，用我的忌妒，
坚挺而厚重，加上猜疑做衬护，
会像岗亭一样封住你的魅力；
不用珍珠缝绣，而用我的泪滴！

① 本诗首次发表于1860年1月22日《自由谈》，咏玛丽·多布伦。

你的长袍，那是我的情欲，战栗，
起伏，我的情欲升上落下不止，
在顶峰是摇摆，在谷地则休憩，

用吻盖满你白里透红的躯体。
我要做双漂亮鞋，用我的尊敬，
缎子的，供你那神圣的脚欺凌，
它把你的脚抱在柔软的怀里，
像个忠实地留下印记的模子。
我的技艺虽无微不至，仍不能
雕一轮银的月亮做你的脚凳，
我就把那噬咬我的腑脏的蛇[①]
放在你的脚下，让你嘲笑折磨，
拯救能力广大的胜利女王啊，
这浑身充满怨恨、唾沫的凶煞。
你会看到我的思想，仿佛蜡烛
排在圣母的祭坛前，花团锦簇，
蓝色的天棚上反射点点星光，
火一样的眼睛一直把你观望；
我的一切都赞赏你，视你为宝，

① 指忌妒。

都变成安息香、乳香、沉香、没药，
而朝着你，盖满雪的白色峰顶，
我的狂飙精神雾气一般上升。

最后，为完成你的马利亚角色，
为了把爱情和野蛮相互混合，
阴暗的快感！我这无悔刽子手
要用七大罪孽做成七把匕首，
磨得飞快，像无情的江湖术士，
把你的爱情的最深处当靶子，
把匕首全插进你抽动的心中。
你啜泣的心中，你流血的心中！

午后之歌[①]

尽管你眉毛凶恶，
让你的神情怪异，
那可不是天使的，
眼睛诱人的巫婆，

我爱你，轻薄女哎，
我那可怕的激情！
怀着教士的虔敬，
把他的偶像崇拜。

沙漠和森林，熏香
你那粗硬的头发，
你那头的姿态呀，
就像谜语和秘方。

① 本诗首次发表于1860年10月15日《艺术家》。

你的肉仿佛香炉，
散发出香气氤氲；
你像黄昏般迷人，
黝黑热情的仙女。

啊！最强烈的媚药，
抵不上你的倦慵，
而且你善于温存，
都能让死人复活！

你的腰充满情爱，
对着脊背和乳房，
坐垫都心旌摇荡，
因你倦怠的坐态。

有时候，为了缓和
你那神秘的狂热，
就正正经经挥霍
你那亲吻和咬啮，

你折磨我，褐女郎，
用的是冷笑嘲讽，

再往我心里射进，
温柔似月的目光。

在你的缎子鞋下，
迷人、裹丝的脚底，
我放上巨大欢喜，
我的命运和才华，

你是色彩，是光华，
把我的灵魂治愈！
热的爆炸，在我的
黑色的西伯利亚！

苦闷和流浪[1]

你说，阿加特[2]，你的心可曾高飞，
远离这丑恶城市的黑色海洋，
朝着另一个海洋，迸射着光辉，
童贞般蔚蓝、清澄、深邃的海洋？
你说，阿加特，你的心可曾高飞？

海，浩瀚的海，抚慰我们的劳动！
轰轰作响的风如大风琴伴奏，
哪方神灵把催眠的崇高作用
赋予大海这嗓音沙哑的歌手？
海，浩瀚的海，抚慰我们的劳动！

芬芳的天空，你是多么遥远，
那里蓝天清明，都是爱和欢乐，

① 本诗首次发表于1855年6月1日《两世界评论》。
② 女性名字。

那里人们之所爱都当之无憾，
那里心灵被纯洁的快感淹没！
芬芳的天堂，你是多么遥远！

然而，童年的爱情的绿色天堂，
那奔跑，那歌唱，那亲吻，那花束，
那提琴声在小山后边的震荡，
还有晚上树丛中美酒一壶壶，
——然而，童年的爱情的绿色天堂，

那充满短暂快乐的无邪天堂，
难道这比印度和中国还遥远？
悲哀的呼喊能把它召回地上，
清亮的嗓音能让它生意盎然，
那充满短暂快乐的无邪天堂？

猫[1]

严肃的学者，还有热烈的情侣，
在其成熟的季节都同样喜好
强壮又温柔的猫，家室的骄傲，
像他们一样地怕冷，简出深居。

它们是科学、也是情欲的友伴，
寻觅幽静，也寻觅黑夜的恐惧；
黑暗会拿来当作阴郁的坐骑，
假使它们能把骄傲供人驱遣。

它们沉思冥想，那高贵的姿态
像卧在僻静处的大狮身女怪，
仿佛沉睡在无穷无尽的梦里；

丰腴的腰间一片神奇的光芒，

① 本诗首次发表于1851年4月9日《议会信使》。

金子的碎片，还有细细的沙粒
又使神秘的眸闪出朦胧星光。

音　　乐[1]

音乐常像大海一样将我卷去！
朝着苍白的星，
背负多雾的穹顶、浩渺的天宇，
我正扬帆起程；

我挺起胸膛，像打开所有的帆
鼓起我的肺叶，
在聚集的波浪的脊背上登攀，
眼前一片黑夜；

我感到一条受难之船的痛楚
在我身上震颤，
顺风、暴风和它的一切的抽搐

在深渊的上面

① 本诗首次发表于《恶之花》初版，第七十六首。

把我摇晃。有时候又安详平静
如绝望之大镜！

墓　地[1]

若在黑沉沉的夜晚，
有好基督徒，因仁慈，
在某古废墟的后边，
埋下你堪夸的躯体，

那些贞洁的星刚刚
闭上它们沉重的眼，
蜘蛛就会出来结网，
蝮蛇就会生下小蛇；

一年到头你会听见
在你受罪的头上面，
有狼在悲戚地哀吼，

伴随着饥饿的女巫，

① 本诗首次发表于《恶之花》初版，第七十四首。

还有淫荡老叟嬉戏

和黑心骗子的密谋。

幻想的版画[①]

这奇特的幽灵，全部装束只是
丑陋的王冠，有狂欢节的气息，
滑稽可笑地扣在骷髅的额前。
没有马刺马鞭，却赶得马直喘，
和他一样的幽灵，悲惨的驽马，
喷着鼻沫，像患癫痫病的病家。
他们一起冲进深处穿越空间，
并且用大胆的马蹄践踏无限。
骑士把闪光的军刀左右挥动，
越过坐骑下碾碎的无名众生，
就像一位君主巡视他的宫殿，
把辽阔、冰冷、无际的坟场跑遍，
那里，映着个白色、暗淡的太阳，
睡着古往今来历史上的群氓。

① 本诗首次发表于1857年11月15日《现代》，约作于1843至1847年间，取材于根据英国画家莫蒂默（John Hamilton Mortimer，1740—1779）《骑灰马的死神》所作的一幅铜版蚀刻画。

快乐的死者[①]

在一片爬满了蜗牛的沃土上，
我愿自己挖一个深深的墓坑，
可以随意把我的老骨头摊放，
睡在遗忘里如鲨鱼浪里藏身。

我痛恨遗嘱，我也把坟墓恨煞；
与其苦苦地哀求世人的泪眼，
我宁愿活着的时候邀请乌鸦
把我那丑恶的尸骸的血吸干。

蛆虫，黑色伴侣没眼睛没耳朵，
看哪，来了个死者自由又快乐；
享乐的哲学家，腐朽的子孙们，

快穿过我的废囊，用不着悔恨，

① 本诗首次发表于1851年4月9日《议会信使》。

告诉我，他可还能受什么折磨？
这死在死人中的无魂老躯壳！

恨之桶[1]

恨是苍白的达那伊得斯[2]的桶；
发狂的复仇有强壮的红胳臂
徒劳地往它那个黑暗的虚空
大桶大桶地倒进死人的血泪，

魔鬼在这些深渊里做了暗洞，
千年的汗水和努力流了出去，
哪怕复仇能让受害者们再生，
复活其肉体以便再进行压榨。

恨是小酒馆里面的一个醉汉，
他总觉得干渴是从酒里来的，
还像勒耳那的水蛇[3]屡斩不断。

① 本诗首次发表于1851年4月9日《议会信使》。

② Danaides，希腊神话中达那俄斯五十个女儿的总称。除一人外，她们皆遵父命在新婚之夜将新郎杀死，后被罚在地狱里用无底桶汲水。

③ 希腊神话中栖息在勒耳那沼泽中的水蛇，有九头，其中有一头不死，斩而复生。

——然而幸福的饮者认识征服者，
而恨却注定有这可悲的运道，
即永远也不能在桌子下睡着。

破裂的钟[1]

又苦又甜的是在冬天的夜里，
对着闪烁又冒烟的炉火融融，
听那遥远的回忆慢慢地升起，
应着茫茫雾气中歌唱的排钟。

那口钟啊真是幸福，嗓子洪亮，
虽然年代久远，却矍铄又坚硬，
虔诚地把它信仰的呼声高扬。
宛若那在营帐下守夜的老兵。

而我，灵魂已经破裂，烦闷之中，
它想用歌声充满凛冽的夜空，
它的嗓子却常常会衰弱疲软，

像被遗忘的沉沉残喘的伤员，

① 本诗首次发表于1851年4月9日《议会信使》。

躺在血泊中，身上堆满了尸体，
竭力挣扎，却一动不动地死去。

忧郁之一[1]

雨月，对着整个城市大发雷霆，
向着邻近墓地里苍白的住户，
从它的罐里倒出如注的阴冷，
又把死亡撒向雾蒙蒙的郊区，

我的猫在方砖地上寻觅草茎，
不停地抖动瘦而生疮的身躯；
沟壑里游荡着老诗人的魂灵，
带着一个瑟瑟的幽灵的苦语。

大钟在悲叹，而那冒烟的木柴
用假嗓子伴随着伤风的钟摆；
一局气味污浊的牌正在进行，

这患水肿的老妇的不祥遗留，

① 本诗首次发表于1851年4月9日《议会信使》。

英俊的红桃侍从和黑桃皇后
正阴沉地诉说着逝去的爱情。.

忧郁之二[①]

我若千岁也没有这么多回忆

一件大家具，负债表塞满抽屉，
还有诗篇、情书、诉状、浪漫歌曲，
粗长的鬈发缠绕着各种收据，
可秘密没我愁苦的头脑里多。
这是一座金字塔，巨大的墓穴，
死人比公共墓坑里还要拥挤。

——我是座连月亮也厌恶的坟地，
里面的长蛆爬呀爬就像悔恨，
不停地痛噬我最亲密的亡人。
我是间满是枯萎玫瑰的闺房，
里头一大堆过时的时髦式样，

① 本诗首次发表于《恶之花》初版，第六十首。

唯有布歇[1]的苍白，粉画的哀悲，
散发着打开的香水瓶的气味。
什么也长不过瘸了腿的白天，
当多雪的年头飘下团团雪片，
烦闷，这忧愁无趣生出的果实
就具有了永生那样的无边无际。

——从此，有生命的物质啊！你无非
一块顽石被隐约的恐怖包围，
昏睡在雾蒙蒙的撒哈拉腹地；
老斯芬克斯，被无忧世界抛弃，
被地图遗忘，那一颗愤世的心
只能面对着落日的余晖歌吟。

① François Boucher（1703—1770），法国画家，其画色彩艳丽轻佻，此处当指年久失色。

忧 郁 之 三[①]

我仿佛一位多雨之国的国君，
富有却无能，年轻却已是老人，
他讨厌那位不肯屈膝的师傅，
他讨厌他的狗和别样的宠物。
任什么也不能让他愉快，无论
猎物、鹰隼、阳台前垂死的子民。
表演滑稽谣曲的受宠的小丑
也不能舒展这大病人的额头。
有百合花饰的床已变成坟墓，
梳妆女官觉得凡是王都英武，
也再找不出猥亵的装束样式
让这年轻的骷髅绽出些笑意。
为他炼金的学者们也都不能
把他身上的腐朽的元素除净，
就是用罗马人传下来的血浴，

① 本诗首次发表于《恶之花》初版，第六十一首。

强壮者在暮年也还记得清楚，
也不能温暖这迟钝的臭皮囊，
其身无血，流淌着忘川之绿汤。

忧 郁 之 四[1]

当低沉的天空如大盖般压住
被长久的厌倦折磨着的精神；
当环抱着的天际向我们射出
比夜还要愁惨的黑色的黎明；

当大地变成一间潮湿的牢房，
在那里啊，希望如蝙蝠般飞去，
冲着墙壁鼓动着胆怯的翅膀，
又把脑袋向朽坏的屋顶撞击；

当密麻麻的雨丝向四面伸展，
模仿着大牢里的铁栅的形状，
一大群无言的蜘蛛污秽不堪，
爬过来在我们的头脑里结网，

① 本诗首次发表于《恶之花》初版，第六十二首。

几口大钟一下子疯狂地跳起，
朝着空中迸发出可怕的尖叫，
就仿佛是一群游魂无家可依，
突然发出一阵阵执拗的哀号。

——送葬的长列，无鼓声也无音乐，
在我的灵魂里缓缓行进，希望
被打败，在哭泣，而暴虐的焦灼
在我低垂的头顶把黑旗插上。

顽　念[1]

森林，你大教堂一样令我恐惧；
你风琴般号叫；我们恶魔的心
有永远的灵堂回响阵阵喘吁，
应和着“我从深处求告”的回音。

我恨你，大海！你的翻腾和蹦跳，
我的精神感同身受；失败的人
在痛哭，受尽凌辱，那苦涩的笑，
我在大海的狂笑中听得真真。

你多让我喜欢，哦夜！倘无星挂，
它的光说着无人知晓的语言！
因为我寻求虚无、赤裸和黑暗！

然而黑夜本身就是一幅图画，

① 本诗首次发表于1860年5月15日《当代评论》。

上面有习焉不察的万千人物，
打从我的眼睛里不断地冒出。

虚无的滋味[1]

沮丧的精神，往日你喜欢搏杀，
“希望”，曾马刺般激励你的活力，
再不愿骑上你！别害臊，快趴下，
你这老马每个障碍都要失蹄。

算了吧，我的心；睡吧，傻乎乎地。

精神失败，力尽筋疲！这老贼人，
爱情于你已不比抢夺更有味；
再见，笛子的叹息、铜号的歌吹！
快乐，别再引诱阴沉赌气的心！

可爱的春天失去了它的清芬！

时间一分钟一分钟地吞没我，

① 本诗首次发表于1859年1月20日《法兰西评论》。

仿佛大雪埋住了冻僵的尸首，
我从天上静观这圆圆的地球，
不再去寻觅可以栖身的茅舍。

雪崩啊，你可愿带我一起坠落？

痛苦之炼金术[①]

或用热情把你照亮，
或者于你寄托悲苦，
自然！有人看作坟墓，
有人看作生命和光！

不相识的赫耳墨斯，
帮助我又总恐吓我
让我与弥达斯[②]并列，
这最古的炼金术士；

我经你手点金成铁，
又把天堂化为地狱；
在云彩的裹尸布里

① 本诗首次发表于1860年10月15日《艺术家》。
② Midas，希腊神话中的国王，能触物成金。

我发现珍爱的躯壳，
我又在苍穹的岸边
建造了巨大的石棺。

共感的恐怖[①]

从古怪、铅色的天上，
动荡有如你的命运，
你说，浪子，什么思想
落进你空虚的灵魂？

——我不可满足地贪得
朦胧、不确定的事物，
我不呻吟如奥维德[②]，
他被逐出拉丁乐土。

天空破裂有如河滩，
您映出了我的骄傲；
巨大的云朵戴着孝，

① 本诗首次发表于1860年10月15日《艺术家》。

② Ovid（前43—17），古罗马诗人，因触怒皇帝屋大维，被放逐于黑海之滨，流放中曾著有《哀怨集》《黑海书简》，哀求释放而不得。

是柩车载我的梦幻，
而您的光亮反射出
我的心乐居的地狱。

无 可 救 药[1]

一

一个观念，一个形式，
一个存在，始于蓝天，
跌进冥河，泥泞如铅，
天之眼亦不能透视；

一个天使，鲁莽旅者，
受到诱惑，喜欢畸形，
淹没于骇人的噩梦，
如游泳者挣扎拼搏，

阴郁焦灼，苦战一个
疯子一样不断歌唱、

① 本诗首次发表于1857年5月10日《艺术家》。

在黑暗中回环激荡、
巨大而雄伟的旋涡；

一个不幸的中邪人，
为逃出爬虫的栖地，
在他徒劳的摸索里
寻找钥匙，寻找光明；

一个没有灯的亡魂，
身旁是一个无底洞，
又深又潮气味浓重，
无遮无靠阶梯无尽，

黏滑的怪物警觉着，
一双巨眼磷光闪闪，
照得什么也看不见，
只剩下更黑的黑夜；

一艘困在极地的船，
像落入水晶的陷阱，
哪条海峡命中注定
让它进入这座牢监？

——画面完美，象征明确，
这无可救药的命运
让人想到，魔鬼之君
无论做啥总是出色！

二

阴郁诚挚的观照中，
心变成自己的明镜！
真理之井[①]，既黑且明，
有苍白的星辰颤动，

有地狱之灯在讥刺，
有火炬魔鬼般妖娆，
独特的慰藉和荣耀，
——这就是那恶的意识。

① 古希腊哲学家德谟克利特说，真理藏在井底。

时　　钟[1]

时钟！这个阴森、可怖、无情的神，
他的手指威胁着我们，说："记住！"
你充满恐怖的心，战栗的痛苦
就要把它占据，如同射中靶心；

"快乐如轻烟就要向天边飞逝，
像一个气精钻进后台的深处；
时刻一点点吞食着你的乐趣，
那是人人一生中都可享用的。

"一秒钟每小时三千六百次地
悄声说：记住！那小虫般的低语，
现在飞快地说道：我乃是'过去'，
用肮脏的长鼻把你的命抽吸！

① 本诗首次发表于1860年10月15日《艺术家》。

"记住！记住吧，你这个浪子！[1]
（我的铁嗓子会说所有的语言。）
每分钟，嬉戏的人啊，都是母岩，
丢弃之前一定要把金子采出！

"记住吧，时间是个贪婪的赌徒。
从不作弊，每赌必赢！这是律法。
日渐短促，夜渐悠长；你记住吧，
深渊总是干渴，漏壶正在空虚。

"那时辰就要响了，神圣的偶然，
严峻的道德，你尚童贞的妻子，
甚至悔恨（啊！最后的栖身之地）
都要说：死吧，老懦夫，为时已晚！"

① 这句中的"记住"，分别用英语、法语和拉丁语说出。

巴黎风貌

风　景[1]

为了贞洁地作我的牧歌，我愿
躺在天堂身旁，如占星家一般，
并以钟楼为邻，边做梦边谛听
风儿送来的庄严的赞美钟声。
两手托着下巴，从我的顶楼上，
我眺望着歌唱和闲谈的工场；
烟囱和钟楼，这些城市的桅杆，
还有那让人梦想永恒的苍天。

真惬意啊，透过沉沉雾霭观望

① 本诗首次发表于1857年11月15日《现代》。

蓝天生出星斗，明窗露出灯光，
煤烟的江河高高地升上天外，
月亮洒下它令人着魔的苍白。
我还将观望春天、夏天和秋天；
当冬天带着单调的白雪出现，
我就到处都关好大门和窗户，
在黑暗中建造我仙境的华屋。
那时我将梦见泛青的地平线，
花园，在白石池中呜咽的喷泉，
亲吻，早晚都啁啾鸣唱的鸟雀，
以及牧歌当中最天真的一切。
暴乱徒然地在我的窗前怒吼，
不会让我从我的书桌上抬头；
因为我已然在快乐之中陶醉，
但凭我的意志就把春天唤醒，
并从我的心中拉出红日一轮，
将我的炽热的思想化作温馨。

太　　阳[1]

沿着古旧的城郊，一排排破房
拉下遮蔽秘密淫荡的百叶窗，
当酷烈的太阳反复地、不断地
轰击着屋顶、麦田、原野和城市，
我将独自把奇异的剑术锻炼，
在每一个角落里寻觅的偶然，
绊在字眼上，就像绊着了石头，
有时会碰上诗句，梦想了许久。

这是养育之父，萎黄病的仇敌，
在田野上把虫儿和玫瑰唤起；
它让忧愁升上天空四散飞扬，
让大脑和蜂房里都灌满蜜糖。
是它使扶拐者重新变得年轻，
像少女们一样快乐而又温情，

① 本诗首次发表于《恶之花》初版，第二首。

它还能命令谷物生长和成熟，
在永远想开花的不朽的心里！
它像诗人一样地降临到城内，
让微贱之物的命运变得高贵，
像个国王，没有声响，没有随从，
走进所有的医院，所有的王宫。

天　　鹅[1]

给维克多·雨果

一

安德洛玛刻[2]，我想到您！小小清涟，
这可怜、忧愁的明镜，曾经映出
您那寡妇的痛苦之无限庄严，
您的泪加宽了骗人的西莫伊[3]，

正当我穿越新卡鲁塞尔广场，
它突然丰富了我多产的回忆。
老巴黎不复存在（城市的模样，
唉，比凡人的心变得还要迅疾）；

① 本诗首次发表于《恶之花》初版，第八十九首。

② Andromache，特洛伊大将赫克托耳之妻，城破后成为庇吕斯的女奴，后嫁赫勒诺斯。

③ 指一条小河。安德洛玛刻在敌国把一条小河当作故乡的西莫伊河，以示对亡夫的怀念。

我只在想象中看见那片木棚，
那一堆粗具形状的柱头，支架，
野草，池水畔的巨石绿意盈盈，
旧货杂陈，在橱窗内放出光华。

那里曾经横卧着一个动物园；
一天早晨，天空明亮而又冰冷，
我看见劳动醒来了，垃圾成片，
静静的空中扬起了一股黑风。

我看见了一只天鹅逃出樊笼，
有蹼的足摩擦着干燥的街石。
不平的地上拖着雪白的羽绒，
把嘴伸向一条没有水的小溪，

它在尘埃中焦躁地梳理翅膀，
心中怀念着故乡那美丽的湖；
“水啊，你何时流？雷啊，你何时响？”
可怜啊，奇特不幸的荒诞之物。

几次像奥维德笔下的人一般，
伸长抽搐的颈，抬起渴望的头，

望着那片嘲弄的、冷酷的蓝天，
仿佛向上帝吐出了它的诅咒。

二

巴黎在变！我的忧郁未减毫厘！
新的宫殿，脚手架，一片片房栊，
破旧的四郊，一切都有了寓意，
我珍贵的回忆却比石头还重。

卢浮宫前面的景象压迫着我，
我想起那只大天鹅，动作呆痴，
仿佛又可笑又崇高的流亡者，
被无限的希望噬咬！然后是你，

安德洛玛刻，从一伟丈夫的怀中，
归于英俊的庇吕斯，成了贱畜，
在一座空坟前面弯着腰出神；
赫克托耳的遗孀，赫勒诺斯的新妇！

我想起那黑女人，憔悴而干枯，
在泥泞中彳亍，两眼失神，想望

美丽非洲的看不见的椰子树，
透过迷雾的巨大而高耸的墙；

我想起那些一去不归的人们，
一去不归！还有些人泡在泪里，
像啜饮母狼之乳把痛苦啜饮！
我想起那些孤儿花一般萎去！

在我精神漂泊的森林中，又有
一桩古老的回忆如号声频频，
我想起被遗忘在岛上的水手，
想起囚徒，俘虏！……和其他许多人！

七个老头子[1]

给维克多·雨果

拥挤的城市！充满梦幻的城市，
大白天里幽灵就拉扯着行人！
到处都像树液般流淌着神秘，
顺着强大巨人狭窄的管道群。

一天早晨，在一条凄凉的街上，
房屋在轻轻雾中增加了高度，
占满了一条涨水的河的两旁，
作为布景倒很像演员的情愫，

一片脏而黄的雾淹没了空间，
我绷紧了神经，像演主角一样，
跟我的已然厌烦的灵魂争辩，

① 本诗首次发表于1859年9月15日《当代评论》。

在重载的车往来的郊区徜徉。

突然，一个老人，黄黄的破衣裳
竟是模仿这多雨天空的颜色，
若不是他的眼中闪烁着凶光，
真会引来雨点般落下的施舍，

在我眼前出现，仿佛他的眸子
在胆汁[①]里浸过；目光冷若寒霜，
硬得像剑一般的一把长胡子，
支棱棱射向四方，犹太人一样。[②]

他的背不驼，腰却弯了，脊椎骨
和腿形成一个直角分毫不差，
他的木棍也把他的外表补足，
竟使他的举止和笨拙的步伐
像残疾的走兽或三足犹太人[③]。

他在大雪和泥泞中挣扎跋涉，

---

① 转意为痛苦、辛酸、怨恨、刻毒等。
② 此节实为传统之“漂泊的犹太人”的形象。
③ 典出希腊神话中斯芬克斯的故事。

仿佛用他的破鞋践踏着死人，
对人世充满敌意，而不是冷漠。

后面还有：胡子，眼，背，破衣，木棍，
一模一样，仿佛来自一个地狱，
这百岁双胞胎，这怪诞的鬼魂，
以同样脚步向未知目标走去。

我成了何种卑鄙阴谋的目标，
何种恶毒偶然把我这样羞辱？
因为我数了七次，一秒又一秒，
这阴森的老人竟有分身之术。

有些人在嘲笑我的焦虑不安，
有些人未曾感到友爱的战栗，
让他们想想吧，尽管衰朽不堪，
这七个丑怪却有永恒的神气！

我若不能，能否把第八位静审，
无情的、嘲弄的、宿命的酷似者，

讨厌的长生鸟[1]，父子集于一身？
——但我转身离开这可怕的队列。

我被激怒，像看见双影的醉汉，
回到家，关上门，心中充满恐怖，
病得手脚麻木，精神燥热混乱，
神秘和荒诞触到了我的痛处！

我的理智徒劳地想抓住栏杆；
风暴肆虐，它的努力迷失方向，
我的灵魂跳呀，跳呀，这艘破船，
没有桅杆，在无涯怒海上飘荡！

① 传说中埃塞俄比亚的一种鸟，五百年一生死，死后复生。又译火凤凰。

盲　人①

看看他们吧，我的灵魂；真恐怖！
他们像木头人，略略有些滑稽；
可怕，像那些梦游者一样怪异；
阴郁的眼球不知死盯在何处。

他们的眼失去了神圣的火花，
仿佛凝视着远方，永远地抬向
天空；从未见过他们对着地上
梦幻般地把沉重的脑袋垂下。

他们是在无尽的黑暗中流徙，
这永恒的寂静的兄弟。啊城市！
你在我们周围大笑，狂叫，唱歌，

沉湎于逸乐直到残忍的程度，

① 本诗首次发表于1860年10月15日《艺术家》。

看呀！我也步履艰难，却更麻木，

我说：“这些盲人在天上找什么？”

骷　髅　舞[1]

给恩斯特·克里斯托夫[2]

活人一样，自傲于高贵的身躯，
拿着一大束花，手帕，还有手套，
她有着慵懒而又潇洒的风度，
像个干瘪的女人怪诞却妖娆。

舞会上可曾见过如此的瘦削？
袍子太夸张，简直是过于宽大，
大量地堆在干枯的脚上，那鞋
装饰着绒球，漂亮得像一朵花。

蜂窝状皱领在锁骨边上玩耍，
仿佛淫荡的小溪摩擦着岩石，
害羞地抵御着荒谬的玩笑话，
保卫她执意隐藏的阴森魅力。

① 本诗首次发表于1860年3月15日《当代评论》。
② 见第十五首《面具》的题词。

她深沉的眼成于黑暗和空白，
她的脑壳很艺术地戴着鲜花，
在脆弱的脊柱上软软地摇摆。
过分打扮的虚无也有魅力啊！

有的人会把你称作一幅漫画，
他们不懂，这些迷恋肉体的人，
人类的骨架具有无名的优雅。
大骨架，你正合我最好的口味！

你是来用你有力的怪相扼杀
生命的节日？还是些旧日欲焰
仍然刺激着你这活着的骨架，
驱使你轻信的，参加“快乐”夜宴[①]？

凭借提琴声，凭借蜡烛的火苗，
你希望驱走你那嘲讽的噩梦，
你来请求这狂欢狂饮的洪涛
冷却你的心中燃烧着的地狱？

① 指妖魔夜宴，中世纪迷信传说巫师、巫婆及妖魔在星期六半夜拜会魔王，举行盛大夜宴。

真是愚蠢和错误的井永不干！
古老的痛苦之永恒的蒸馏器！
透过你两肋弯曲成钩的栅栏，
我见贪婪的眼镜蛇还在游弋。

说真的，我恐怕你的卖弄风骚
得到的回报不能与努力相配；
这些凡人心中，有谁懂得玩笑？
恐怖的魅力只能使强者陶醉！

你双眼的深渊充满恐怖之念，
让人感到眩晕，舞者慎微谨小，
都怀着苦涩的厌恶之感静观
你那三十二颗牙永远的微笑。

然而，谁人不曾搂过一具骷髅，
谁人不曾吃过坟墓里的东西？
香料、衣着或打扮算什么理由？
装作恶心正表明他自以为是。

无鼻子舞女，不可抗拒的娼妓，
请告诉这些感到不快的舞客：

"自豪的宠儿，脂粉涂得再精致，
你们都有死人味，涂麝的骨骼，

"安提诺乌斯[1]憔悴，浪荡子脸上光，
涂油的死尸，白发的勒伍莱斯[2]，
骷髅舞在整个世界之上摇晃，
把你们带进无人知晓的天地！

"塞纳河的冷码头，恒河的热岸，
芸芸众生跳跃，迷狂，却未瞅瞅
天使的喇叭从顶上的窟窿间
阴森地张开，像黑色的火枪口。

"在太阳所照的任何地方，死神
欣赏你们的扭动，可笑的人类。
也常常抹上没药就好像你们，
把他的冷嘲混进你们的迷醉！"

① Antinous（约110—130），罗马皇帝哈德良宠爱的美少年。
② 英国小说家理查逊的小说《克拉丽莎》中的人物，好色之徒。

虚幻之爱[1]

当我看见你走过，亲爱的懒人，
乐器的歌唱在天花板上中断，
你和谐舒缓的身影暂时停顿，
播撒你那深沉目光中的闷烦；

当我映着煤气灯光静静凝视
你苍白、具有病态之美的额上，
在那里夜的火把点燃了晨曦，
你的眼睛吸引着人如同肖像，

我想：她多美！而且新鲜得古怪！
纷纭的回忆，庄严沉重的塔楼，
冠冕，她的心虽像桃子受损害，
却已成熟，一如其身，钟情好手。

① 本诗首次发表于1860年5月15日《当代评论》。

你是有无上美味的秋之果实？
你是等待着泪水的悲伤的罐，
令人遐想远方之绿洲的香气，
温柔的枕头，或者盛满的花篮？

我知道有一种最忧郁的眼睛，
丝毫不把珍贵的秘密来隐瞒；
珠宝匣无珠宝，颈饰无纪念品，
比你还空虚，比你还深沉，哦天！

然而作为表象的你不是足以
让逃避真实的心灵感到欢欣？
你的笨拙，你的冷漠，有何关系？
面具、布景，敬礼！我崇拜你的美。

巴 黎 的 梦[1]

一

这一片可怖的风光，
从未经世人的俗眼，
朦胧遥远，它的形象
今晨又令我醺醺然。

奇迹啊布满了睡眼！
受怪异的冲动摆布，
我从这些景致里面
剪除不规则的植物，

我像画家恃才傲物，
面对着自己的画稿

① 本诗首次发表于1860年5月15日《当代评论》。

品味大理石、水、金属
组成的醉人的色调。

楼梯拱廊的巴别塔，
成了座无尽的宫殿，
静池飞湍纷纷跌下
粗糙或磨光的金盘；

还有沉甸甸的瀑布，
犹如一张张水晶帘，
悬挂在金属的绝壁，
灿烂辉煌，令人目眩。

不是树，是廊柱根根，
把沉睡的池塘环萦，
中间有高大的水神，
如女人般临泉照影。

伸展的水面蓝莹莹，
堤上岸边红绿相间，
流过千万里的路程，
向着那世界的边缘；

那是宝石见所未见，
是神奇的流水，也是
明晃晃的巨大镜面，
被所映的万象惑迷！

恒河流在莽莽青昊，
无忧无虑，不语不言，
将其水瓮中的珍宝，
倾入金刚石的深渊。

我是仙境的建筑师，
随心所欲，命令海洋
驯服地流进隧道里，
那隧道由宝石嵌镶；

一切，甚至黑的色调，
都被擦亮，明净如虹，
而液体将它的荣耀
嵌入结晶的光线中。

天上没有一颗星星，
甚至没有一线残阳，

为了照亮这片奇景，
全凭自己闪闪发光！

在这些奇迹的上面，
翱翔着（可怖的新奇！
不可耳闻，只能眼见！）
一片寂静，无终无始。

二

我重开冒火的双眼。
又看见可怕的陋室，
我重返灵魂，又痛感
可咒的忧虑的芒刺；

挂钟的声音好凄惨，
粗暴地敲响了正午，
天空正在倾泻黑暗，
世界陷入悲哀麻木。

晨光熹微[①]

起床号从兵营的院子里传出，
而晨风正把街头的灯火吹拂。

这个时候，邪恶的梦宛若群蜂，
把睡在枕上的棕发少年刺疼；
夜灯如发红的眼，游动又忽闪，
给白昼缀上一个红色的斑点；
灵魂载着倔强而沉重的躯体，
把灯光与日光的搏斗来模拟；
像微风拂拭着泪水模糊的脸，
空气中充满飞逝之物的震颤，
男人倦于写作，女人倦于爱恋。
远近的房屋中开始冒出炊烟。
眼皮青紫，寻欢作乐的荡妇们，
还在张着大嘴睡得又死又蠢；

① 本诗首次发表于《恶之花》初版，第六十八首。

穷女人，垂着干瘪冰凉的双乳，
吹着残火剩灰，朝手指上哈气。
产妇们的痛苦变得更加沉重；
像一声呜咽被翻涌的血噎住，
远处鸡鸣划破了朦胧的空气；
雾海茫茫，淹没了高楼与大厦；
收容所的深处，有人垂死挣扎，
打着呃，吐出了最后的一口气。
冶游的浪子回了家，力尽筋疲。

黎明披上红绿衣衫，瑟瑟发抖，
在寂寞的塞纳河上慢慢地走，
暗淡的巴黎，揉着惺忪的睡眼，
抓起了工具，像个辛勤的老汉。

酒

酒　魂[①]

一天晚上，酒魂在瓶子里说话，
“人啊，亲爱的苦人儿，你快听着，
我在玻璃牢里、红色的封蜡下。
唱一支充满光明和友爱的歌！

“火热的山丘上，我知道要几多
辛劳、汗水和炎炎灼人的阳光，
才形成我的生命，把灵魂给我；
我不会害人，不会把恩情遗忘，

① 本诗首次发表于1850年6月号《家庭杂志》。

“因为我感到巨大的喜悦，当我
进入劳累过度的人的喉咙时，
他灼热的胸是坟墓，很是暖和，
比待在冰冷的酒窖远为惬意。

“你可听见主日歌的叠句响起，
‘希望’在我呼呼跳的胸中鸣叫？
胳膊肘支在桌子上，卷起袖子，
你会高声地赞颂我，兴致很高；

“我让你欣喜的妻眉眼闪光泽，
我让你儿子有力量，容光焕发，
对于这生存之孱弱的竞技者，
我就是油，让角斗士筋肉发达。

“我这植物琼浆在你体内落下，
永远的播种者[1]播下的好种子，
好让诗从我们的爱情中发芽，
如一朵稀世之花向上帝显示！”

---

① 指上帝。

醉酒的情侣[①]

今日的天空多么的壮丽！
不用嚼子，不用缰绳马刺！
骑上酒，就像骑着马一样，
奔向奇妙的、神圣的天上！

像两个天使患了热狂病，
那折磨呀真是铁面无情，
我们在早晨的蓝水晶里，
追寻着遥远的蜃楼海市！

我们软绵绵地左右摇动，
依附着精神旋风的羽翼，
在一种同样的热狂之中，

小妹，我们肩并着肩游戈，

① 本诗首次发表于《恶之花》初版，第九十七首。

不知疲倦，无休无止，逃向
我们的非非梦想的天堂！

恶之花

毁　灭[1]

魔鬼不停地在我的身旁蠢动，
像摸不着的空气在周围荡漾；
我把它吞下，胸膛里阵阵灼痛，
还充满了永恒的、罪恶的欲望。

它知道我酷爱艺术，有的时候
就化作女人最是妩媚妖娆，
并且以虚伪作为动听的借口，
使我的嘴唇习惯下流的春药。

① 本诗首次发表于1855年6月1日《两世界评论》。

就这样使我远离上帝的视野，
并把疲惫不堪、气喘吁吁的我
带进了幽深荒芜的厌倦之原，

在我的充满了混乱的眼睛里
扔进张口的创伤、肮脏的衣衫，
还有那“毁灭”的器具鲜血淋漓！

被杀的女人[①]

无名大师的素描

周围是香水瓶，有金丝的绸缎，
给人以快感的家什，
大理石像，油画，熏了香的衣衫
拖曳着豪华的皱襞，

在一间如温室般暖和的房里，
空气又危险又致命，
玻璃棺里面正在枯萎的花枝，
翻白的眼，无思无想，
却依然流露出曙色般的一瞬
蒙眬又惨白的目光。

床上，赤裸裸的躯体无所顾忌，
彻底的随便与放纵，

① 本诗首次发表于《恶之花》初版，第七十九首。

展示隐秘的光辉，命定的美丽，
那是大自然的馈赠；

腿上是暗粉色长袜，缀有金印，
仿佛是残留的纪念；
吊袜带像火辣辣的神秘眼睛，
射出目光钻石一般。

这种孤独，这幅慵懒的大肖像，
发出了最后的呻吟，

一具无头的尸体，鲜血流成河，
流淌在干渴的枕上，
枕布狂饮着鲜红的流动的血，
仿佛那干旱的草场。
就仿佛从黑暗中产生的幻象，
让我们目不能斜视，
她的头，一大团浓发又黑又长，
还戴着珍贵的首饰，

像床头柜上摆放了一株毛茛[①]，
面貌真是奇特不群，
它的态度像一双撩人的目光
流露出阴暗的爱情，

有罪的爱情，各种奇特的狂欢，
充满了恶毒的亲吻，
一群魔鬼也高高兴兴地消遣，
在窗帘折褶里浮动；

然而，看她那优雅动人的清癯，
肩膀的生硬的轮廓，
稍尖的臀部以及矫健的身躯，
如一条被激怒的蛇，

她还年轻呀！——她那亢奋的灵魂。
她百无聊赖的感觉，
向着欲火时现时隐的色鬼们，
是不是仍半开半合？

① 多年生草本植物，茎叶皆有茸毛。

爱报复的男人，你生前多有情，
可是他呀仍不满足，
现在这任人摆布的尸体可曾
满足他巨大的情欲？

——远离嘲讽的世界，不洁的人群，
也远离好奇的法官，
睡吧，安详地睡吧，奇特的女人，
在你那神秘的墓间。

你丈夫跑遍世界，你不朽的形
守护着睡熟了的他，
而他也将会像你一样的忠诚
直到死也不会变化。

被诅咒的女人[1]

如同卧在沙上的沉思的牲口，
她们把目光转向遥遥海平线，
她们的脚相互寻找，手也靠近，
感到甜美的倦怠，苦涩的震颤。

有的人喜欢久久地倾诉衷情，
她们在溪水喧闹的丛林深处，
拼出羞怯童年时情人的名姓，
刻上了幼小灌木绿色的树皮；

有的人像修女，走得徐缓庄重，
穿过悬崖峭壁，那里幽灵出没，
圣安东尼[2]曾看见如从熔岩中

① 本诗首次发表于《恶之花》初版，第八十二首。女同性恋是波德莱尔的反自然的主题之一，这首诗曾被检察官提起诉讼，要求删除，但未被法院接受。

② Saint Antoine Le Grand（约251—356），埃及的隐修士，相传他在隐修中经受住了魔鬼的种种诱惑。

冒出的绯红的乳房把他诱惑；
有的人，就着欲坠树脂的光亮，
在异教秘地阒无声息的洞穴，
叫你去平息她们高喊的热狂，
巴克斯啊，古老悔恨的哄骗者！

还有人，胸前喜欢罩一件圣披，
长长的衣下有一根皮鞭藏着，
在阴暗的树林、孤独的黑夜里，
把快乐之沫和痛苦之泪混合。

啊！处女，恶魔，怪物，殉道的人们，
都是静观现实的大智大勇者，
无限之探求者，信女，好色之人，
时而大喊大叫，时而涕泗滂沱，

我的灵魂一直追你们到地府，
可怜的姐妹，我爱你们，悯你们，
为了难熬的饥渴，阴郁的痛楚，
盛满你们宽大胸怀的爱之瓮！

两个好姐妹[1]

放荡和死亡，两个可爱的姑娘，
从不吝惜亲吻，身体亦很壮健，
肚皮永葆童贞，衣衫百孔千疮，
无休止的耕作，却永远不出产。

可悲的诗人，这位家庭的仇敌，
地狱的座上宾，没有钱的廷臣，
坟墓和妓院在它们的绿荫里
为他备下悔恨不曾光顾的床。

棺材卧室充满对神明的亵渎，
像是两个好姐妹向我们供应
可怕的快乐以及骇人的温情。

放荡胳膊丑，你何时让我入土？

① 本诗首次发表于《恶之花》初版，第八十三首。

与它争雄的死亡啊，你何时来
给恶臭的桃金娘嫁接上黑柏[1]？

① 桃金娘象征爱情，黑柏象征死亡。

贝雅德丽齐[1]

一片焦土，寸草不生、满是灰烬，
有那么一天我正把自然怨恨，
茫无目的地游荡，在我的心头。
慢慢地磨砺我的思想的匕首，
正中午看见了头顶上落下来
孕育风暴的阴沉浓厚的云彩，
夹带着一大群专作恶的怪物，
很像那些残忍而好奇的侏儒。
他们开始冷冰冰地把我注视，
好像行人盯着个好笑的疯子，
我听见他们大笑，悄悄地说话，
相互间还挤眉弄眼，比比画画：
“好好地看看这个可笑的伙计，
哈姆雷特的影子，学他的姿势，

① 本诗首次发表于1855年6月1日《两世界评论》。贝雅德丽齐是但丁青年时代的恋人，但丁在《新生》和《神曲》中咏唱过她。这里诗人把她比作让娜·杜瓦尔。

优柔寡断的目光，头发随风飘。
是不是很可怜悯，看见这一号
乐天派、乞丐、闲着的蹩脚戏子、
怪人，因为他知道艺术地演戏，
知道如何能让他的痛苦之歌
感发触动老鹰、蟋蟀、溪流、花朵，
甚至向我们，这些老把戏之祖，
扯着喉咙把皆知的台词背出？”

我本可以（我的骄傲山一样高，
俯视着乌云和怪物们的狂叫）
直截了当地转过我高傲的头，
假使我没看见这下流队里有
（这种罪孽还没有让太阳摇晃）
我心中目光盖世无双的女王，
她也一起嘲笑我阴郁的痛苦，
有时还给它们些淫秽的爱抚。

库忒拉岛之行[1]

我的心啊像小鸟，快乐地飞翔，
围绕着缆绳自由自在地盘旋，
天空万里无云，帆船破浪向前，
仿佛天使陶醉于灿烂的阳光。

那是什么岛啊！凄凉而又阴暗？
人说是库忒拉，歌谣里的胜地，
老光棍们有口皆碑的乐土。
看哪，说到底不过是一片荒原。

——甜蜜隐私之岛，心灵欢悦之岛！
那古代维纳斯的绝美的幽灵
在你的海上飞翔如香气回萦，
使精神啊充满了爱情和烦恼。

① 本诗首次发表于1855年6月1日《两世界评论》。库忒拉岛为爱琴海中一小岛，传说为爱神所居。

美丽的岛，盛开鲜花，遍生香桃[1]，
全世界历来都对你膜拜顶礼，
爱慕之情啊化作心儿的叹息，
如同玫瑰园的上空香烟缭绕，

或如野鸽咕咕鸣叫永不停歇！
——库忒拉不过是最贫瘠的土地，
一片被尖叫惊恐的荒沙乱石。
我却窥见一个东西怪异奇特！

那不是座林木掩映中的寺庙，
内有喜欢鲜花的年轻女祭司
走动，隐私的热情烧灼着躯体，
一阵微风啊撩起了她的长袍。

就在我们贴着海岸航行之时，
雪白的风帆啊惊起鸟儿一片，
一个三根柱的绞架映入眼帘；
衬着蓝天，像一株黝黑的柏树。

① 维纳斯的神花，象征爱情和新婚。

一群猛禽栖在它们的食物上，
疯狂地撕咬一具腐烂的悬尸，
纷纷把邪恶的喙像镐样刨去，
刨进腐尸所有冒着血的地方；

双目已成空洞，肚子已被穿破，
沉甸甸的肠子流到了大腿上，
猛禽将丑恶的乐趣细细品尝，
坚喙一阵啄咬把他彻底阉割。

脚下还有一群垂涎的四足兽，
仰着嘴巴，在四周打转和徘徊，
那当中有一头大兽难熬难耐，
俨然有帮凶侍奉着的刽子手。

你住在库忒拉，美丽天空之子，
你默默地忍受着这种种凌辱，
为了那不洁的崇拜而受惩处，
为了那些罪孽承担无坟之苦。

可笑的悬尸，你同我一样受苦，
看见你摆动的肢体，我感觉到

往日的痛苦化作毒液的波涛，
一直涌上我的喉咙催我呕吐；

面对你，怀着珍贵回忆的苦人，
我感觉到了所有丑鸦的长喙，
我感觉到了所有黑豹的大嘴，
曾是那样喜欢咀嚼我的肉身。

——苍天一碧如洗，大海波平如镜；
从此一切对我变得漆黑血腥。
唉！我的心埋葬在这寓意之中，
好像裹上了厚厚的尸衣一重。

在你的岛上！啊，维纳斯！我只见
那象征的绞架，吊着我的形象，
——啊！上帝啊！给我勇气，给我力量，
让我观望我自己而并不憎厌！

反　抗

圣彼得的否认[1]

天主怎么办，阵阵咒骂的潮水
每日都朝他亲爱的天使上升？
像个嗓子里塞满酒肉的暴君，
他听着可怕的辱骂欣然入睡。

殉教者和受刑者发出的啜泣，
无疑是支令人陶醉的交响乐，
因为他们虽为快乐付出鲜血，
上天毫不因此而满足了心意！

① 本诗首次发表于1852年10月《巴黎评论》。圣彼得是耶稣的门徒。耶稣被捕后，他三次不承认认识耶稣。事见《新约·马太福音》第二十六章。

——啊！耶稣，那橄榄园你可记得清！
你曾经天真地跪地向他祷告，
他却在天上听铁钉的响声笑，
卑鄙的屠夫正往你的肉里钉。

当你看见那一帮厨子和卫兵
无耻地往你的神性上吐唾沫[①]，
当你感到荆棘刺进你的脑壳，
那里面活着广大无边的人性；

当你力竭的躯体的可怕重力
拉长你伸开的手臂，而你的血
和你的汗流过变得惨白的额，
当你被拖出来示众，作为靶子，

你可梦见那光辉美丽的日子，
你是为了实现永远的约[②]而来，
你骑着一头母驴温顺而可爱，
走过铺满鲜花和树枝的街衢，

① 《新约·马太福音》：“他们就吐唾沫在他脸上。”
② 《旧约·创世记》：“我要与你……坚立我的约，作永远的约，是要做你和你后裔的上帝。”

你的心中鼓胀着希望和勇武
你用力鞭打那些卑鄙的商人，
你终于成了主人？而悔恨可曾
在枪扎之前先刺进你的肋骨？[1]

——当然，至于我，我将满意地抛却
一个行与梦不是姐妹的世间；
我只能使用刀剑，或死于刀剑！
圣彼得不认耶稣……他做得正确！

① 以上诸事均为《圣经》所述，不详注。

献给撒旦的祷文[①]

你呀，最博学最俊美的天使呀，
你被命运出卖，横遭世人谩骂，

啊撒旦，怜悯我这无尽的苦难！

你这流亡之君，人家亏待了你，
而你，屡败屡起，一日强似一日

啊撒旦，怜悯我这无尽的苦难！

你无所不知，你这地下的君王，
常常医治人类的焦虑和恐慌，

啊撒旦，怜悯我这无尽的苦难！

① 本诗首次发表于《恶之花》初版，第九十二首。

就是麻风病人。受诅咒的贱民，
你也让他们尝到天堂的滋味，

啊撒旦，怜悯我这无尽的苦难！

死亡是你年迈却强壮的情侣，
你让她生出希望——迷人的疯子，

啊撒旦，怜悯我这无尽的苦难！

你教流亡者目光平静而高傲，
睥睨在断头台旁围观的群小，

啊撒旦，怜悯我这无尽的苦难！

你知道在这块忌妒的土地上，
猜疑的上帝把宝石藏在何方，

啊撒旦，怜悯我这无尽的苦难！

你目光明亮洞察武库的深处，
那里埋藏着各种金属的兵器，

啊撒旦，怜悯我这无尽的苦难！

梦游的人在楼顶的边缘彳亍，
你用宽大的手掌遮住了绝壁，

啊撒旦，怜悯我这无尽的苦难！

迟归的醉汉被奔马踢倒在地，
你神奇地使他依然活动如初，

啊撒旦，怜悯我这无尽的苦难！

你为了慰藉备受痛苦的弱者，
你教会了我们把硝和硫混合，

啊撒旦，怜悯我这无尽的苦难！

你把你的印记，啊巧妙的帮忙，
打在为富不仁的富豪的额上，

啊撒旦，怜悯我这无尽的苦难！

你在姑娘的眼里和心里放入，
对创伤的崇拜，对褴褛的爱慕，

啊撒旦，怜悯我这无尽的苦难！

流亡者的拐棍，发明家的明烛，
被吊死的人和谋反者的心腹，

啊撒旦，怜悯我这无尽的苦难！

有人被震怒的天使逐出乐土，
这些人把你当作他们的继父，

啊撒旦，怜悯我这无尽的苦难！

祷告

撒旦啊，我赞美你，光荣归于你，
你在地狱的深处，虽败志不移，
你暗中梦想着你为王的天外！
让我的灵魂有朝一日憩息在
智慧树下和你的身旁，那时候
枝叶如新庙般荫蔽你的额头！

死　亡

穷人之死[1]

死亡给人慰藉，唉！又使人生活；
这是生命的目的，唯一的希望，
像琼浆一样，使我们沉醉，振作，
给我们勇气直走到天色昏黄；

穿过飞雪，穿过浓霜，穿过暴雨，
那是漆黑的天际的颤颤光华；
那是写在册子上的著名逆旅，
那里可以吃，可以睡，可以坐下；

① 本诗首次发表于《恶之花》初版，第九十九首。

那是天使，在有磁性的手指间
掌握着睡眠，恩赐恍惚的梦幻，
又替赤裸的穷人把床铺整顿；

这是神祇的荣耀，神秘的谷仓，
这是穷人的钱袋，古老的家乡，
这是通往那陌生天国的大门！

艺术家之死[①]

我得多少次把我的铃铛晃摇，
吻你低低的额头，阴郁的丑怪？
为了射中神秘本质这个目标，
箭筒啊，我还要把多少箭射歪？

我们费尽了心机，细细地谋图，
我们把许多沉重的骨架毁弃，
然后才能静观伟大的创造物，
它可怕的欲望让人呜咽不止！

有的人从未见过他们的偶像，
这些受尽凌辱的苦命雕塑家
将要狠命地捶打胸脯和脑瓜，

① 本诗首次发表于1851年4月9日《议会信使》。

唯一的希望，奇特阴森的殿堂[1]，
是死亡像一个新的太阳飞来，
让他们头脑中的花充分绽开！

① 指罗马卡皮托利山上的朱庇特神殿，此处喻艺术之最高境界。

远　行[1]

给马克西姆·杜刚[2]

一

对于喜欢地图和画片的娃娃，
天和地等于他那巨大的爱好[3]。
啊！灯光下的世界多么广大！
回忆眼中的世界多么的狭小！

早晨我们出发，脑袋里一团火，
心中充满怨恨和苦涩的欲望，
我们向前，踏着有节奏的浪波，
在大海的有限中把无限摇晃：

---

① 本诗首次发表于1859年4月10日《法兰西评论》，写作时间约在同年1月。后收入《恶之花》1861年版，第一百二十六首，即最后一首。

② Maxime Du Camp（1822—1894），法国作家和旅行家，以歌颂“进步”著称。

③ 波德莱尔自幼酷爱绘画。

有的人庆幸逃离卑劣的祖国，
有的人庆幸逃离故乡的恐惧，
几个迷恋女人眼睛的占星者，
庆幸逃离有迷药的残暴魔女①。

为了不变成畜生，他们欣赏着
寥廓，明亮和天上的片片火云；
啮人的冰，把皮肤晒成铜色的
太阳，慢慢地抹去接吻的遗痕。

然而，真正的旅人只是这些人，
他们为走而走；心轻得像气球，
他们永远不逃避自己的命运，
他们并不管为什么，总是说："走！"

他们的欲望的形状有如云朵；
他们像一个梦见大炮的新兵，
梦见了巨大、多变、未知的快乐，
人类的精神永远不知其名称！

① 住在埃埃厄岛上的魔女喀耳刻，曾使奥德修斯的同伴变成猪。事见《奥德修纪》。

二

真可怕！我们就像陀螺和圆球，
在旋转着，蹦跳着；甚至在睡乡，
好奇心也让我们辗转和难受，
仿佛残忍的天使鞭打着太阳。

奇特的命运，目的地变化无端，
哪里都不是，也可能哪里都行！
人，怀抱着希望永远不知疲倦，
为了能休息疯子般奔走不停！

我们的灵魂是一艘三桅帆船。
寻找它的伊加利亚[①]，甲板上叫：
“看哪！”桅楼上的声音热烈疯癫：
“爱情……荣耀……幸福！”糟了，一块暗礁！

瞭望的人指出的每一座小岛，
都是命运之神许诺的黄金乡；
想象力已把狂欢的酒席摆好，

① 法国空想社会主义者卡贝（Etienne Cabet，1788—1856）于1840年发表《伊加利亚旅行记》。

却发现原来是礁石映着晨光。

这热恋着幻想国的可怜人啊！
要把他用铁链捆住投入大海？
醉酒的水手，编造出阿美利加，
其幻影使深渊变得更加悲哀。

仿佛老流浪汉，不顾满脚泥泞，
鼻子朝天，梦想着明亮的天堂；
着魔的眼睛发现了卡普亚城[①]，
只要有一间破屋闪烁着烛光。

三

可惊的旅人！多么高贵的故事，
我们在深邃如海的眼中读到！
请拿出你们丰富回忆的首饰，
那些星辰和大气做成的珠宝。

我们想远行，不用蒸汽和风帆！

① Capua，意大利古城，喻温柔富贵乡。

为了把坐牢一样的烦闷减轻，
我们的精神如画布一般高悬，
请画上你们的回忆及其远景。

说呀，见过什么？

四

“我们见过星星，
也见过波涛，我们还见过沙滩；
尽管有许多冲击，意外的不幸，
我们也像在这里常感到厌倦。

“辉煌的太阳照在紫色的海上，
壮丽的城市裹在落日的光中，
我们的心中燃起不安的欲望，
想跃入闪着诱人反光的天空。

“最富有的城市，最壮美的风光，
也从未具有这样神秘的魅力，
像偶然与白云相结合起来那样；
欲望总是让我们对它们注意！

"——享受给欲望增加了新的力度，
欲望，这株老树以快乐为营养，
你却让你的皮变得又硬又粗。
你的树枝想更近地看看太阳！

"你这比柏树更具活力的大树，
你还长吗？可我们已经细心地
为你贪婪的手册找了几张图，
你们总以为远来的就美，兄弟！

"我们朝拜过垂着象鼻的偶像[①]；
礼赞过王座，闪光的宝物纵横，
瞻仰过精美宫殿，神奇的排场
是让你们的银行家破产的梦；

"还有令眼睛陶然欲醉的服饰，
牙齿和指甲染上颜色的女人，
巧妙地耍把戏者，任蛇来亲昵。"

① 指印度神话中的智慧神，长鼻小眼，为文学的保护神，又可保佑旅途平安。

五

还有呢？还有呢？

六

“啊幼稚的脑筋！

“有一件重要事情不应该漏掉，
我们并非有意去找，却总是能
在宿命阶梯的上上下下见到
那种永恒罪孽之烦闷的场景；

“女人是卑贱、骄傲、愚蠢的奴隶，
自爱而不厌烦，自敬而不快慰；
男人，荒淫又无情，贪财又贪吃，
这暴君是奴隶之奴、阴沟之水；

“刽子手在作乐，殉道者在呜咽；
欢宴以血充当香料和调味剂；
权力之毒令专制者头脑发热，
百姓却喜欢使人愚昧的鞭子；

“有好几种宗教与我们的相像，
都想升上天堂；而希望入圣者
像爱讲究的人躺在羽绒床上，
在钉板和鬃衣中寻求着快乐；

“人类自以为聪明，不住地唠叨，
然而却古往今来一样地愚痴，
在狂暴的挣扎中向上帝喊叫：
‘我的同类，我的主人，我诅咒你！’

“不那么蠢的人，喜欢做荒唐事，
从被命运囚禁的群氓中逃跑，
在广大无边的鸦片烟中藏匿，
——这就是关于全球的永久报告。”

七

从旅行中汲取的知识真悲伤！
世界单调狭小，今天、昨天、明天，
总是让我们看见自己的形象：
恐怖的绿洲在无聊的沙漠间！

是去？是留？若能留，就留在原地；
必须走，就出发。有人跑，有人躲，
都为骗过警觉而阴森的仇敌，
时间！唉，仍有不停息的奔波者，

既像使徒，又像漂泊的犹太人，
乘车或坐船，总是不能够逃避
这卑鄙的角斗士；还有一些人
知道怎样杀它[1]，不必离开故里。

一旦它把脚踏上我们的脊梁，
我们还能有希望，并高呼："向前！"
如同往日我们向着中国远航，
眼睛盯着大海，头发迎风飘散，

怀着年轻乘客一颗快活的心，
我们登船驶向冥冥国的海上。
你们可听见迷人阴森的声音
唱道："到这里来，你们这些想尝

① "杀死时间"是法语中一个习惯说法，意指"消磨时间"，这里波德莱尔用得贴切又巧妙，顿生异彩。

“忘忧香果的人！正是此地收获
这种你们渴望着的神奇果类；
这里的午后一片温馨真奇特，
永无尽头，你们可愿来此一醉！”

这腔调好熟，我们认出了幽魂；
我们的皮拉得斯①把我们迎接。
“去找你的厄勒克特拉②宽宽心！”
我们曾吻过膝的那个女人③说。

八

哦死亡，老船长，起锚，时间到了！
这地方令人厌倦，哦死亡！开航！
如果说天空和海洋漆黑如墨，
你知道我们的心却充满阳光！

---

① Pylades，希腊神话中的一个王子，俄瑞斯忒斯的密友。俄瑞斯忒斯因母亲弑夫另嫁而弑母为父报仇，后与皮拉得斯一同逃亡。波德莱尔因母亲再嫁而常自比俄瑞斯忒斯。

② Electra，俄瑞斯忒斯的姐姐，鼓励弟弟弑母为父报仇，后嫁皮拉得斯。此处可能暗指诗人的情人让娜·杜瓦尔。

③ 此处可能暗指诗人的母亲。

倒出你的毒药，激励我们远航！
只要这火还灼着头脑，我们必
深入渊底，地狱天堂又有何妨？
到未知世界之底去发现新奇！

巴黎的忧郁

李玉民　译

一　异乡人

“谜一般的人，说说看，你最爱谁呢？是你父亲、你母亲、你姐妹，还是你兄弟呢？”

“我无父无母，也没有兄弟姐妹。”

“那么朋友呢？”

“您使用这个词儿，至今我还不知其含义。”

“你的祖国呢？”

“我不知道祖国位于何方。”

“那么美呢？”

“我倒情愿爱她，永生的女神。”

“黄金呢？”

“我仇视黄金，正如您仇视上帝。”

“嗳！非比寻常的异乡人，你究竟爱谁？”

“我爱云彩……飘过的云彩……那边……那边……奇妙的云彩！”

二　老妇人的绝望

这个瘦小的老太婆，看见这个人人赞美、人人都要讨他喜欢的俊婴，一时感到心花怒放：这个俊秀的小人儿，跟她小老太婆一样，特别脆弱，也同样没有牙齿，没有头发。

她凑到近前，要冲婴儿做出媚态，像孩子似的微笑。

不料孩子惊恐万状，在善良的老妇枯瘦的爱抚下，孩子的惊叫声响彻全屋。

于是，善良的老妇人又退隐到永久的孤寂中，向隅而泣，心中暗道："噢！我们这些年迈的女性真不幸，一旦过了讨人喜欢，哪怕是讨天真的孩子喜欢的年龄，就能吓坏那些我们想要亲近的小孩子！"

三　艺术家的《悔罪经》

秋天的暮晚多么令人陶醉！啊！陶醉到痛苦的程度！因为，有些美妙的感觉，即使模糊了也不失其强烈，而且没有尖端，比无限的尖端更锐利了。

目光沉浸在海天的辽阔中，真是其乐无穷！孤独，寂静，蓝天无与伦比的纯净；一片小帆在天边颤动，它那是以其小和孤零零，模仿着我这无可救药的生存，这是海浪单调的律动，所有这些事物，都通过我来思索，或者我通过这些事物思索（只因梦想之宏大，自我会转瞬消失！）；可以说，这些事物思索，既不诡辩，也不用三段论，进行演绎，而是展现悦耳的音乐，如画的景色。

不过，这些思想，不管出自于我，还是发自这些事物，很快就变得超强度。快感中的给力，制造一种烦躁，一种实实在在的痛苦。我的神经过分紧张，只发出嘈杂而痛苦的震响。

现在，天空的深邃令我惊愕，天空的澄净也让我恼火。大海的冷漠，景象一成不变，同样引起我的反感……噢！要么就得永远忍受痛苦，要么就得永远逃避美吗？大自然啊，迷人心性而又冷酷无情，你这无往而不胜的敌手，还是放我一马吧，不要再蛊惑我的欲望和傲气了！研讨美不啻一场决斗：艺术家只能惊恐地喊叫，随即就战败了。

四　一个逗乐的人

这是新年的盛况。一片和雪的烂泥，有千百辆华丽的马车驶过，玩具和糖果彩光闪烁，贪婪和绝望麇集骚动，一座大城市法定的狂热，扰乱了一个最坚强的孤独者的头脑。

在这种乱哄哄和喧嚣中，一头驴子急速地跑来，由一个粗汉挥鞭催赶。

驴子跑到人行道的拐角，正要转弯时，一位漂亮先生，裹着一身崭新的礼服，紧紧扎着领带，戴着手套，穿着锃亮的皮鞋，他恭恭敬敬，给这卑下的畜生鞠了一躬，边脱帽边对驴子说道："祝您新年好，新年快乐[①]！"然后一副沾沾自喜的样子，转向不知是什么同伴，仿佛要请求他们赞赏他的得意之举。

驴子无视这位逗乐的漂亮先生，继续奋力跑向职责召唤它的地方。

而我，对这个出色的蠢货，猛然产生一种无可估量的怒火：在我看来，法兰西的全部精神，都集中在他一人身上了。

① 此人玩的是文字游戏，法语的"年"（année）一词，在这里引申到"驴子"（ânesse）。

五　双人铺房间

一个房间，梦幻一般，一个真正才智横溢的房间，停滞的氛围，略微点染粉色和蓝色。

灵魂在这房间沐浴，慵懒的沐浴散发着遗憾和欲望的香气。——类似苍茫的暮晚，蓝汪汪，略呈粉色：瞌睡中一场快意的梦。

家具的形体拉长，显得浮沉而疲惫，那样子仿佛在做梦，就好像植物和矿物那样，天赋一种梦游的生命。织物也如同鲜花、天空、落日，以无声的语言诉说。

墙壁毫无可憎的艺术装饰。相对于纯洁的梦，未经分析的印象而言，确定的艺术、实在的艺术，就是一种亵渎。这里一切都很和谐，有足够的明和惬意的暗。

精心挑选的一种极幽微的芳香，微微掺和了潮气，在这环境中飘游，而昏昏欲睡的灵魂，由温室的感觉抚慰。

窗前和床前，大量流泻下来轻纱，犹如白雪的瀑布。床上躺着偶像，梦幻的女君主。她是怎么到这里来的？谁引来的？又是何等魔力，将她挂上这梦幻和快感的宝座呢？这又有什么关系。既然她在眼前，我就认出她来！

这正是她那双眼睛，火热的光芒穿透朦胧；那难以捉摸的可怕秋波，从那极其狡黠的眼神中我认出来了。那秋波能吸引，能掌控，能吞噬望秋波的冒失鬼的目光。我曾经常仔细观察，那引起好奇与赞赏的黑色双星。

多亏了哪个善意的精灵，我才得以置身于神秘、寂静、安宁和芳香之中呢？洪福啊！我们通常所谓的生活，即使在最欢快的施放中，也和这种至高无上的生活毫无共通之处。现在我认识了这种生活，便一分钟一分钟，一秒钟一秒钟享受。

不！分分秒秒，在这里不复存在了！时间消失了，是永恒在主宰，一种欢乐的永恒。

不料，响起猛烈、沉重的敲门声，就好像在噩梦中，我的胃部挨了一镐头。

接着，一个幽灵走进来。那是一名执达吏，以法律的名义前来折磨我；或者是一个无耻的姘妇，前来叫苦，要在我生活的痛苦之上，添加她生活的庸俗；再不然就是一家报社主编的跑腿，前来索取手稿的续篇。

天堂般的房间、偶像、梦幻的女君主，如伟大的勒内①所说的气精仙女，这个神奇的世界，全随着那幽灵粗暴的敲门而倏忽消失了。

① François-René de Chateaubriand（1768—1848），法国浪漫主义文学的先驱。

太可怕啦！我又记起来了！我又记起来了！不错！这间陋室，这是永恒无聊的居所，也正是我的居所。瞧这些家具多么愚蠢，在满灰尘，又缺角坏边；壁炉里没有生火，满是痰迹污痕；凄惨的玻璃窗上，留下一道道雨水在灰尘中犁出的垄沟；手稿残缺不全，涂改得乱七八糟；而日历上，也用铅笔标出一个个不祥的日期！

那另一个世界的芳芳，刚刚我还怀着尽善尽美的敏感陶醉其中，唉！现在却被替代了，只剩下烟叶的恶臭，掺杂着说不清的令人作呕的霉烂味儿。在这屋里，现在呼吸的是忧伤的哈喇味儿。

这个狭窄的世界，无处不令人憎恶，只有一件熟悉的物品在冲我微笑：鸦片酊小药瓶，一个可怕的老女人，唉！如同所有的女友，爱抚多多，背叛也多多。

唔！对！时间重又出现，现在由时间主宰了。同这个丑恶的老头一起回来的，还有他这些魔鬼扈从：回忆、悔恨、痉挛、惧怕、惶恐、噩梦、恼怒和神经官能症。

我向您保证，现在一秒一秒钟非常突出，既有力庄严，挂钟迸出的每一下嘀嗒声都在说："我就是生活！不堪忍受的、无法逃避的生活！"

在人的生活中，只有一秒钟负有报告好消息的使命，好消息，却引起每个人莫名的恐惧。

不错！时间主宰了。时间又恢复了粗暴的专制。时间用一对刺棒催促我，就好像我是一头耕牛："吁！蠢货！卖力气，奴隶！生活吧，受苦的人！"

六　人各有其怪物

在寥廓的灰色天空下，大片平原尘土飞扬，没有路径，没有草坪，没有长蓟草，也没有长荨麻，我遇见好几个弯腰行进的人。

他们每人都背负着一个庞大的怪物，重如一袋面粉、一袋煤，或者罗马步兵的装备。

然而，那是怪兽，而不是死沉的重物。正相反，它用富有弹性而健壮的肌肉，紧紧搂住并压迫着人，用它那两只大爪钩住它这坐骑的胸膛，而且，它那怪头也压在人的额头上，犹如古代的武士所戴的骇人的头盔，以期威吓敌手。

我询问其中一个人，他们这是去哪里。

那人回答我说，他一无所知，不只是他；其他人也都不知道，但是显而易见，他们既然受无法抵御的行走欲的驱使，那一定是要去什么地方。

有一个怪现象要指出，这些行客中，任何人都没有对吊在自己脖子上、贴在自己背上的凶兽表示愤怒，就好像把这凶兽视为自身的一部分；他们那一张张严肃而疲惫的面孔，没有流露出丝毫绝望的神情；在这忧郁的苍穹下，他们一步一步踏入同天空一样凄凉的尘土中，径直前行，一副无可奈何的表情，无异于那些注定要永远抱有希望的人。

队列从我身旁走过，渐行没入天际，即地球圆形表面逃避人好奇目光的地方。

有一段时间，我执意要参透这种奥秘；但是，不可抗拒的冷漠，又猛袭了我，给我的巨大压力，超过了那些驮着他们的沉重怪兽的负荷。

七　小丑和维纳斯

阳光多么灿烂的一天！在太阳火辣辣的目光注视下，宽阔的公园欣喜若狂，犹如青春受到了爱神的眷顾。

事物的普庆狂喜，并不用任何声响表达：就连水流都仿佛在安睡。跟人类节庆的欢腾不同，这里是一场寂静的盛宴。

可以说阳光越来越强，使得万物越来越闪亮；鲜花受到激励，渴望从其色彩的力量，与天空的蔚蓝争艳；而花的芳香，也因温暖而缭绕可见，宛若袅袅炊烟，朝着太阳飞升。

然而，在这万物的享乐中，我看到了一个伤心的人。

在一尊高大的维纳斯雕像脚下，一个装疯卖傻的人，一个情愿为人取乐的小丑，负责引逗那些受懊恼或烦闷困扰的国王发笑。这个小丑身穿可笑的闪光彩服，头顶着犄角和铃铛，他在雕像的基座下，全身缩成一团，抬起满含泪水的双眼，望着那永生的女神。

他那双眼睛分明在说："我是最卑下、最孤独的人了，被剥夺了爱和友谊，在这两方面，还远不如最不完善的动物。然而我生来，也同样能理解和感受永恒的美！女神啊！可怜可怜我这悲伤、我这妄想吧！"

可是，维纳斯冷漠无情，她那双大理石的眼睛不知在远眺什么。

八　狗与香水瓶

“我的漂亮狗狗，我的好狗狗，我的小嘟嘟，靠近点儿，过来闻闻这上等香水，这可是从城里最好的香水店买来的。”

于是，狗摇着尾巴，这种可怜的生灵，我认为摇尾巴便相当于大笑和微笑的标志，它走到近前，好奇地探出它那潮湿的鼻子，去嗅打开盖的香水瓶，接着，它突然惊恐地往后退；朝我汪汪叫，表示责备。

“哼！不识好歹的狗，我若是给你一包粪便，你就会有滋有味地闻起来，也许还会吞下去。看起来，你这样子，就不配做我这凄凉生活的伙伴，你跟公众是一路货色：精制的香水，绝不能拿给公众，那只能激怒他们，要拿给他们精心挑选的垃圾。”

九　卖劣货的玻璃匠

有的人天性就纯粹是静观型的，根本不适合行动，然而，有时却产生一种莫名的神秘的冲动，一旦行动起来，其迅疾就连他们自己事先都认为不可能。

某某人，担心从门房那里收到令人伤心的消息，便裹足不前，在门外徘徊一小时也不敢回家；再如某某人，收到一封信，放了半个月也不拆看，或都一年前就该办的事，拖了半年才不得不动手，这类人，有时候却会突然感到，自己好像离弦的箭，被一种不可抗拒的力量推向行动。

伦理学家和医生自称什么都了解，却解释不了这些懒散而耽于享乐的人，突然从哪儿来一种邪乎的力量，他们本来连最简单、最必要的事情都干不成，怎么可能在某一时刻，就有一种超凡的勇气，做出最荒唐的，甚至往往最危险的举动。

我有一位朋友，好幻想，绝对与世无争，有一次他却放火烧了一片森林，他说只是为了看看，是不是像人们通常所讲的那样容易酿成火灾。他连续试了十次没有成功，可是第十一次，就干得过分漂亮了。

另外一个人，就在一个火药桶旁边点着一支烟，只为了看看，为了见识一下，为了碰碰运气，为了逼使自己表达出来魄力，为了玩一把，为了体验一下焦虑不安的快乐，其实什么目的也没有，纯粹任性妄为，纯粹无所事事。

这是一种发自无聊和幻想的力量，而且正如我前面所讲，大大出人意料的是，这样发力的人，通常是最无精打采、最爱梦想的人。

还有一位，特别腼腆，甚至在男人的注视下也会垂下眼睛，他要想走进一家咖啡馆，或者通过戏院的检票口，就必须调动全身那点儿可怜的意志，在他看来，检票员就是弥诺斯、埃阿科斯和拉达曼提斯[①]的化身，可是，他不顾众人惊诧的目光，会猛然扑向一位经过他身边的老人，搂住老人脖子并紧紧拥抱。

为什么？就因为……就因为那张面孔引起他的好感而不可抗拒吗？也许吧，不过，假设他本人也不知道为什么，恐怕更加合情合理。

我也不止一次成为这种发作和冲动的受害者，这就促使我们相信，狡猾的魔鬼钻入我们内心，指使我们在不知不觉中，完成魔鬼的最荒唐意志。

一天早晨，我起来时情绪很糟，心里凄然，因无所事事而疲倦，只觉得要干出一件大事，要有个惊人之举。于是，我打开窗

① 弥诺斯（Minos）、埃阿科斯（Aeacus）、拉达曼提斯（Rhadamanthys）均为希腊神话中的人物，是宙斯的儿子，死后成为冥土的三判官。

户，唉！

（请注意，一些人故弄玄虚的思想，应是灵机一动，而不是经过深思熟虑，或者谋划的结果；这种思想，哪怕只是通过强烈的愿望表现出来，也主要还是产生于人的情绪；而这种情绪，医生断言是歇斯底里，稍微比医生有思想的人则认为是撒旦；正是这种情绪不可阻挡，推动我们干出许许多多危险的，或者失当的行为。）

我望向街道，瞧见的头一个人是个玻璃匠：他那尖声的吆喝十分刺耳，穿过滞重而污浊的巴黎空气，直达我的耳畔。其实，我也说不出为什么，对那个可怜的人，我突然产生一种蛮横的仇恨。

“喂！喂！”我喊他上楼，等着的时候不免幸灾乐祸地想道，我住在七层楼上，楼梯又特别狭窄，那人往上爬一定会很吃力，他那易碎的货物边角难保不挂到什么地方。

他终于到了，我好奇地察看他的全部玻璃，然后对他说道：“怎么！您没有彩色玻璃，没有粉玻璃、红玻璃、蓝玻璃，也没有魔幻玻璃、天堂玻璃！您真是厚颜无耻，竟敢到穷人街区来游逛，却不带来能把生活映成美好世界的玻璃！”说罢，我用力把他推向楼梯；而他脚步踉跄，到了楼梯嘴里还嘟囔。

我走近阳台，抓起一个小花盆，等那人一走出楼门，我就垂直丢下去，让我这颗炸弹砸到他背负的货箱的后沿儿。经这一撞击，他往后一仰就摔倒了，沿街叫卖的可怜财富压在他身下，咔嚓一声脆响，就像一座水晶宫被霹雳击碎。

我陶醉在自己的疯狂之举中，还愤怒地冲那玻璃匠大喊大叫：

“生活多美啊！生活多美啊！”

这种神经质的玩闹，也不是没有风险，好事者往往要付出高昂代价。不过，一个人瞬间获取了无穷的乐趣，那么永久的惩罚对他又算得了什么呢?

十　凌晨一点钟

终于！独自一人了！只听见几辆迟归而倦怠的马车行驶的声响。即使不能安歇，总归能有几个小时的安宁了。终于！世人面的专制消失了，现在，我只忍受自身的痛苦了。

终于！我得以放松身心，沐浴在黑暗中了。首先，门钥匙拧了两圈儿。我觉得门这样一锁，就增加了我的孤独，加固了现时将我与世隔离的壁垒。

骇人的生活！骇人的城市！让我们回顾这一整天。会见了好几位文人、其中一位向我打听，能否走陆路前往俄罗斯（他一定是把俄罗斯当成一个岛屿了）；同一家杂志社的主编放开争论，他对每个质疑总这样回答："我们这里，是正派人的班子。"言外之意，所有其他报纸都是由一帮混蛋编辑的；还同二十来个人打招呼。其中十五位不相识；又跟同样多的人一一握手，即使这样，我也没有采取预防措施，买几副手套；恰逢一阵急雨，为了打发时间，便上楼去见一个轻佻的女人，她曾求我给她一件维纳斯式样的衣裙；去讨好一位剧院经理，他用这种话打发我走："您不如去找找Z……在我所有的剧作家中，他是最笨拙、最愚蠢也最有名；您同他谈谈，也许能有所收获。去看看他吧，然后我们再商量。”吹嘘（为什么？）自己干过好几件莫须有的坏事，还懦弱地否认了另外几件自己兴致勃勃完成的不轨行为；大吹大擂的过失，无视舆论的罪过；拒绝帮朋友一个小忙，却为一个十足的怪人写了一封推荐信；哎哟！还有完没完了？

不满所有人，也不满意自己，我就希望在黑夜的寂静和孤独中赎罪，并且稍稍品味一点儿自豪的感觉。我爱过人的灵魂，我颂扬过人的灵魂，让我坚强起来吧，支持我吧，让世间的谎言和腐臭气远离我吧；而您，我主上帝，请赐予我灵感，写出一些优美的诗来，从而向我本人证明，我并不是最卑劣的人，我胜过那些我鄙视的人！

十一　野女人和小情妇

“老实说，亲爱的，您真是没有分寸，不知心疼人，耗得我都累了。听您这样唉声叹气，别人还以为您所受的痛苦，超过了那些六十岁还去拾麦穗的老太婆，在酒吧门口拾面包头的老乞婆。

“您的叹息，哪怕起码表达一点儿懊悔，也还能给您装装门面啊；可是，说来说去，只是表白您怎么生活舒服得厌腻了，您怎么闲得身心疲惫，而且，您满嘴不断地讲废话：‘您好好爱我吧！我实在太需要了！这方面您得安慰我，那方面您得多疼疼我！’听着，我来试试，治好您这毛病。也许花不了多少钱，我们就能找到治疗方法，也用不着舍近求远，参加一场节庆就行了。

“请您看好了，这个牢固的铁笼子，里面关着一只大猩猩，它暴跳如雷，像被打入地狱的人那样吼叫，像被流放那样气急败坏，惟妙惟肖地模仿，时而模仿老虎转圈儿跳跃，时而模仿白熊摇摇摆摆的笨样：这个毛茸茸的怪物也大致模仿您的形体。

“这个怪物，就是通常称作‘我的天使’那样一种动物，也就是说一个妻子。另一个怪物，手里拿根棍子，声嘶力竭叫喊的那个，他就是丈夫。丈夫用铁链锁住合法的妻子，就像拴牲口一样，牵到大街集市上展示，不用说，这是得到了法官的许可。

“千万注意！要看清楚，她会多么贪婪地（也许不是假装的）撕咬饲养员扔给她的活蹦乱跳的兔子、吱咯乱叫的鸡鸭。‘好了，’他说道，‘自己的财富，不要一天吃光。’说完这句明智的话，他就残忍地夺下猎物，而猎物的肠子还挂在凶猛野兽的牙齿上，我指的是那妻子的牙齿上。

“好吧！结结实实给一棍子，就能让她安静下来！因为，她那双眼睛目光很凶，还贪婪地盯着那被夺走的食物。伟大的上帝啊！那根棍子可不是舞台上的道具；尽管有假毛，您可听见皮肉挨棍子的震响？因此，现在她眼珠子快要冒出来了，号叫也更加自然。她怒气冲天，浑身冒火星，就像一块锻打的热铁。

“这就是夏娃和亚当这两个后代夫妻的生活习性，您亲手创造的作品哟，我的上帝！毋庸置疑，这个女人相当不幸，尽管富贵荣华的那种心痒的享受，归根结底她未尝没有体会过。有些不幸更加不可救药，是无法弥补的。然而，在她被抛入的这个世界里，她绝不可能相信，女人还配有另外一种命运。

“现在，亲爱的女才子，咱们俩就单打独斗吧！鉴于这世间布满地狱，您想让我怎么看您这华丽的地狱呢？您每天睡在同您的肌肤一样柔软床铺上，您每天吃的肉食，也是由仆人精心制作，切成小块的。

“卖弄风情的健壮女人，您鼓起香气四溢的酥胸，频频发出这些小小的叹息，在我看来能意味什么呢？所有这些从书本上学来的矫揉造作之态，这种不知疲倦的忧郁，非但不能引人怜悯，倒会引起截然相反的反应，这究竟有什么意思呢？老实说，有时我真想让您尝尝，什么是真正的痛苦。

“我爱挑剔的美人，看着您双脚陷入泥潭，轻盈地举目向天，仿佛祈求上天派来个国王，活似一只祈求理想的小青蛙。假如您瞧不起碌碌无能之辈（您完全清楚，现在我就是这样一个人），可要当心鹤来了，就会大吃大嚼，随意将您宰割，活活吞下去！[①]

“尽管我是个诗人，我也不像您以为的那样容易上当，您再耍女才子那套，把您从窗户扔出去。”

---

① 故事引自法国寓言诗人拉封丹（1621—1695）的寓言诗《青蛙请立国王》。

十二　万众

不是人人都适合洗群浴：享受人群是一种艺术。唯独这样一个人才做得到，他靠全人类养活，生命力极强，食欲旺盛，在摇篮里就由仙女播下种了：喜好化装和面具，痛恨家居而酷爱旅行。

众多、孤独，对于一个既活跃又多产的诗人来说，这是同义词，可以相互转换。谁不善于让他的孤独充满人气，谁也同样不会在营营众生中独处。

诗人享有这种无与伦比的特权，可以随心所欲，做自己和他人。好似那些寻求附体的游魂，他只要愿意，就可以进入任何角色。唯独对他，一切都虚位以待。如果说有些位置，对他似乎是关闭的，那也是因为在他眼里，那些位置不值得光顾。

孤独沉思的散步者，从这种普遍的沟通中，汲取一种独特的迷醉。他融入人群很容易，能体味到富有激情的乐趣，而自我封闭如箱子一般的利己者、蜷缩起来像软体动物似的懒惰者，必然终生被剥夺这种享受。环境提供给他的所有职业、所有快乐和所有苦难，他全当作应得之分照收无误。

相较于这种无法描摹的狂欢，这种灵魂的圣洁滥用，包括诗和仁慈的全部奉献，相较于出乎意料的情况，出现的陌生事物，人们所说的爱则显得多渺小，多么有限又多么稚弱。

有时候就应该让这世上的幸福者了解，哪怕只为一时打打他们愚蠢的傲气，还有比他们的幸福更高尚、更广阔也更精致的幸福。殖民地的创建者、民众的牧师、云游到天涯海角的传教士，无疑多少体味到这类神秘的迷醉：他们在以自己的天赋营造的广阔家庭中间，有时不免嘲笑那些抱怨自己多舛的命运，也抱怨自己十分纯洁生活的人。

十三　寡妇

沃夫纳格[1]说，在公园里，某些路径经常出没的，主要有失落的野心家，不幸的发明家，追求荣耀而流产的人，心已破碎的人，所有这些心烦意乱的封闭的灵魂，胸中还激荡着一场风景的最后叹息，他们总是远远避开那些欢乐的人和闲适的人投来的放肆的目光。这些浓荫僻静的角落，正是生活中受伤的人聚会的场所。

诗人和哲学家尤其爱把自己的贪求的猜测引向这种地方。这里确实有一片牧草。因为，正如我刚才暗示的那样，若说有哪个地方他们不屑一顾的话，那首先就是富人的欢乐。那种在空虚中的喧闹，毫无吸引他们之处。反之，他们倒感到一切软弱的、毁掉的、伤心的和孤独的东西，对他们具有不可抗拒的吸引力。

一双饱经风霜的眼睛，绝不会看错。从那些僵硬的或疲惫的面容上，从那些凹陷而黯然的，或者闪烁着斗争的最后光亮的眼睛里，从那些众多深深的皱纹中，从那种特别迟缓的，或者极不连贯

① Vauvenargues（1715—1747），法国道德学家和散文家。他相信个人具有为善的能力，恢复对情感的尊重，预示着卢梭的出现。他与伏尔泰过从甚密，是一个伏尔泰式的自然神论者。他的成功之作《人类心智理解引论；附思考与箴言》（1746）。

的举止中，他那双眼睛当即就能辨读出无数的传说，传说中尽书受欺骗的爱情、不被承认的忠诚、得不到回报的努力、在卑贱中默默忍受的饥寒。

您有时是否注意到，坐在孤零零长椅上的寡妇，穷苦的寡妇呢？不管她们服丧与否，很容易辨认。不过，穷人的丧事总缺少点儿什么，没有那种能更加令人伤心的和谐。穷人不得不节省自己的伤痛，而富人的伤痛则要充分展示。

什么样的寡妇最悲凄、最令人伤心，是那个手牵着孩子而又不能同孩子分享梦想的，还是那个独自一人的寡妇呢？我说不准。有一回，我长时间跟随一位丧夫之痛的老妇人：她披着一条小幅的旧纱巾，身子板直，浑身上下透出一种隐忍的高傲。

显而易见，她孑然一身，注定要养成单身老人的生活习惯，而她生活习性的男性特点，又给她这种生活的清苦，增添一层富有刺激性的神秘色彩。我知道她在何等简陋的咖啡馆，如何凑合吃的午饭。我跟随她到了阅览室，长时间窥视，见她一直翻阅报纸，那双当年被泪水灼痛的眼睛很兴奋，寻找特别感兴趣的，关于她从前认识的人的消息。

终于，在一天下午，秋日的天空非常明媚，是大量倾泻遗憾和回忆的那样一种天空，她在一座公园，离开人群坐在远处，聆听一场音乐会，是巴黎民众喜闻乐见的军乐。

这无疑是这位纯洁的老妇人（或者这位净化的老妇人）的小小的放荡，她没有朋友，没人聊天，没有快乐，没有知心人，从这些沉重的日子里，也许从许多年来，每年上帝都降临给她三百六十五个这种沉重日子里，赢得的一点儿安慰。

还有一次：

我始终控制不住，总要瞥一眼公共音乐会会场四周聚焦的贫民，我那目光即使不是施以普遍的同情，至少也是出于好奇心。乐队穿过夜色送出节日的欢歌，胜利的或抒情的乐曲。台上拖曳着光鲜亮丽的长裙；大家的目光相交错；终日无所事事而疲惫的闲人，摇晃着身子，装出懒洋洋欣赏音乐的样子。这圈子里有富人，幸福者，一片放任生活的无忧无虑和欢乐的气氛；一派欢乐的景象，除了那帮贫民，他们靠在栏杆外面，免费地随风捕捉片段的乐曲，观望那热火朝天的场面。

富人的欢乐，映入穷人的眼底，这总归是一件很有趣的事。不过那天，在身穿工作服和印花薄棉布衣裙的民众中间，我看见一个人，其高贵的神态同她周围的俗众形成鲜明的对照。

那是一个高挑身材、端庄的女人，整个神态十分高贵，我不记得在从前贵族美人中见过类似的女子。她浑身散发着一种高尚情操的芬芳。她那清癯的面颊一副忧伤神情，同她穿戴的重孝完全匹配。她混迹其中；却视而不见那些贫民，深邃的目光望着那明亮的世界，微微点着头聆听那音乐。

多么奇特的幻影！我心中暗道："这样的贫穷，果真存在的话，绝不应该节俭到如此程度，一张如此高贵的面容也能确保我的判断。她为什么要鹤立鸡群，待在这样一帮人中间呢？"

不过，我怀着好奇心走到近前，才以为猜出了其中的缘故。高个头儿的寡妇手上牵着一个小孩，同她一样身穿黑色孝服。门票再怎么便宜，这钱也许够满足小家伙的一个要求，说得好听点儿，够买一件多余的东西，一个玩具。

她肯定步行回家，独自一人沉思梦想，永远孤独一人；只因孩子闹人，又自私，不懂温情，也没有耐性，他甚至不如一只纯粹的动物，小猫小狗还能成为孤独痛苦的知音。

十四　卖艺老人

度假的人欢天喜地，到处炫耀，到处展观。这样一种盛大的节日，那些搞杂耍的、变戏法的、耍动物的艺人，以及流动商贩，无不期盼已久，以补偿一年中的淡季。

每逢这种日子，我就觉得民众忘记了一切，忘记了痛苦和劳作，变得跟小孩子一样了。对于学童，这是放假的一天，这就意味学校的恐怖景象，已经推到二十四小时之后了。对于大人，这是同生活中为非作歹的强势力签订的一次停战，即在普遍的殚精竭虑和斗争中的一次短暂停歇。

世界的人，致力于精神劳作的人，他们本身也很难摆脱这种民众欢乐的影响。他们虽非情愿，还是从民众的这种无忧无虑的氛围中，汲取了他们的一份。而我，作为一个地道的巴黎人，从不错过机会，总要巡视为这种隆重的阶段搭建起来的所有五彩缤纷的板棚。

这些板棚之间，的确展开了激烈的竞争。它们叽叽喳喳，有时大声嚷嚷，吼叫起来；喊叫声、铜器的撞击声、焰火的爆炸声汇成一片。尾巴拖着红带子的小丑，喜剧中蠢笨的仆人角色，都在大做表情，而他们的面孔都因风吹日晒和雨淋，无不又黑又瘦，变得僵硬了；他们像演员那样坦然，确信自己制造的效果，频频抛出俏皮话，开着玩笑，那种扎实而厚重的滑稽，并不亚于莫里哀。那些大力士们，以他们粗壮的四肢而自豪，长相却类似大猩猩，既没有前额又没有颅骨，他们神气活现，穿着为这次演出昨天才洗出来的运动衫。舞女们美若天仙或公主，她们跳跃，旋转，舞裙在灯火的照耀下火花四溅。

这是一片灯光、尘土、喊叫、欢乐、杂乱汇成的海洋，一些人花费，另一些人赚钱，双方都同样兴高采烈。孩子揪住母亲的裙子，要买一根棒棒糖，或者骑到父亲的肩膀上，更好地观看像神一般令人眼花缭乱的魔术师。到处流动着油炸食物的香味，犹如这个节日的香火，压倒了所有香水的芬芳。

在排列的板棚的尽头，我看见一位可怜的卖艺人，他仿佛无地自容，主动逃离那一切辉煌的场景。他已经驼背，衰老，人已过气，成为废人，他背靠在自己的破棚子的一根柱子上；他这棚子比最愚昧的野人搭的棚子还要简陋，只点着两个蜡烛头儿流着蜡油，冒着黑烟，将这破败的景象反而照得更加清楚。

到处充满了欢乐、收益和放荡，到处都确保了第二天的面包，到处都疯狂迸发着生命力。而这里，却是绝对的悲惨，穿上彩衣的悲惨，尤为惨不忍睹的是，穿上滑稽的破衣烂衫，这种反差不是为了艺术，主要还是生活的逼迫，这个可怜的人啊！他不笑，也不哭，也不跳舞，他不做任何动作，也不喊叫；他不唱任何歌曲，无论是欢快的还是忧伤的，他也不哀求。他默不作声，一动不动。他已经放弃了，已经认输了。他的命运已成定局。

然而，他那深邃的，令人难忘的目光，扫视着那欢乐的人群和明亮的灯光，那欢腾的浪潮，就止于离他这令人反感的悲惨几步远的地方！我感到自己的喉咙被一只歇斯底里的可怕的手掐住，眼睛也被不愿滚落的反抗的泪水蒙住了。

怎么办呢？何必去问这个不幸的人，在这臭气熏天的黑夜里，在他这块撕烂的幕布后面，他还能表演什么新鲜玩意儿、什么美妙的节目呢？老实说，我不敢去问，我这种胆怯的理由也许会惹您发笑，我要承认，我担心这种举动会羞辱人家。最后，我决定走过时，将一点儿钱搁在他的一块木板上，希望他能猜出我的用意。不料这工夫，不知怎么一阵骚乱，一股民众的强大潮流裹着我远离了那个老艺人。

我回家的时候，心中还萦绕着那一景象，力图分析我所突然感到的痛苦，不免想到：我刚才看到了一位老文人的形象，他曾出色地愉悦了一代人，只是活得太长久了；我也看到了一位老诗人的形象，没有朋友，没有家庭，没有子女，被穷困和忘恩负义的公众贬得一钱不值，健忘的世人再也不愿意走进他的板棚。

十五　糕点

我在旅行，置身于美景佳境，景物显示出一种不可抗拒的宏伟和崇高。自不待言，此时此刻，我的灵魂有所触动。我的思绪翩翩起舞，轻盈得赛似大气；那些庸俗的激情，如仇恨和世俗的爱，现在都远离开我，好似我脚下深涧里流动的浮云；我就觉得自己的灵魂，和覆盖我的天穹同样辽阔，同样纯净；尘世间的事物，在我的记忆中逐渐淡化，逐渐模糊，再传到我的心扉，就如同从远处，从很远另一座山的坡上放牧而望不见的牲口群传来的铃声。小湖平静如镜，特别幽深而水面暗黑，有时飘过一朵云影，犹如天马行空的一个巨人的斗篷闪过的映像。现在我还记得，由一种完全寂静的巨大运动所引起的这种庄严而罕见的感觉，让我心中充满一种掺杂着恐惧的喜悦。总之，多亏了我周围的令人鼓舞的美景，我感到同我自身，同整个宇宙完全融洽了；我甚至认为，我处于无比幸福中，彻底忘却尘世的一切痛苦，开始觉得报纸宣扬的人生而性善的观点不那么可笑了；当我这不可救药的躯体又重申其需求，我就想到消除疲劳，缓解因长时间登山而引起的饥饿感。我从衣兜里掏出一大块面包，一只皮革杯子，以及一小瓶某种配剂：这种药剂在必要时可以掺雪水喝，由药剂师卖给旅行者。

我不慌不乱，开始切面包，忽然一阵轻微的声响，引得我抬起眼睛。一个小孩站到我面前，他衣衫褴褛，面孔黧黑，头发乱蓬蓬的，那双凹陷、怕生的眼睛仿佛在恳求，死死盯着这块面包。我听见他那低沉而沙哑的嗓音感叹一声："糕点！"听他如此称呼，吹捧我这近乎是白的面包，我不禁哑然失笑，便切下一大片递给他。他一点儿一点儿凑到近前，目不转睛地盯着他那垂涎之物；接着，他一把抓过面包，急速退走，仿佛担心我给东西不诚心，或者我已经后悔了。

可是，就在这同时，他却被另一个小野孩掀倒了；那个小野孩不知从哪儿冒出来的，长相跟头一个一模一样，完全像一对孪生兄弟。两个孩子在地上翻滚，扭打在一起，争夺那个宝贵的猎物，无疑谁也不肯分一半给自己的兄弟。头一个孩子气急败坏，揪住了第二个孩子的头发；而第二个则咬住头一个的耳朵，随着用漂亮的土语骂了一声，吐出了一小块血淋淋的肉。糕点的合法主人伸出小爪子，试图去抓篡夺者的眼睛；而另一个则使出全身力气，一只手掐住敌手的脖子，另一只手极力要把战利品塞进口袋。可是，战败者因绝望而力量倍增，他爬起来，朝胜利者的肚子一头撞去，撞得对方满地打滚。何必描绘这样一场丑恶的争斗呢？这场战斗持续了很长时间，超出了孩童所应有的力气。糕点夺来夺去，从一只手抢到另一只手，从一个口袋换到另一个口袋。不过，唉！糕点也越变越小了；最后，他们实在没了力气，住了手，打不下去了，气喘吁吁，浑身是血，老实说，搏斗的任何起因已不复存在，那块面包消失了，散碎成沙粒一般的面包屑，掺进了沙子里。

这一幕给我欣赏的风景蒙上了阴影，在见到这两名少年之前，我的灵魂沐浴的那种平静的喜悦，现在完全化为乌有；我心中忧伤了许久，不断地重复这样的话：“确实有个出色的地方，那里面包称为‘糕点’，极为少见的甜食，足以酿成一场兄弟相残的战争！”

十六　钟表

中国人从猫的眼睛里看时间。

有一天，一名传教士在南京城郊散步，发现自己忘了戴手表，便向一个小孩打听时间。

天朝的顽童先是迟疑一下，随即改变主意，回答说："我这就告诉您。"不大工夫，那男孩抱着一只大肥猫来了，正如有人所讲，他注视着猫的眼白，毫不犹豫地断言："还没有完全到晌午呢。"说得一点儿不差。

至于我，我有美丽的菲丽娜，名字起得多好，既给她那性别增光，又是我心中的骄傲和我思想的芬芳，无论白天还是黑夜，无论阳光灿烂还是伸手不见五指，我若是俯下身去，总能在她那令人赞叹的眼睛深处，清晰地看到时间，总是同一时间，一种广阔的、宏大的、浩渺如空间的时间，既不划为分钟，也不划为秒。——一种一成不变的时间，并不刻在钟表上，然而却轻柔如一声叹息，迅疾如惊鸿一瞥。

我的目光一旦停留在这美妙的钟盘上，如果有哪个不识趣的人来打扰我，如果有哪个心怀叵测、不可容忍的精灵，哪个不识时务的魔鬼来问我："你这么认真，究竟看什么呢？你在这生灵的眼睛里寻找什么？你这又浪荡又懒惰的凡人，从里面看见时间了吗？"我就会毫不犹豫地回答："对，我看到了时间，这时间就是永恒！"

不是吗，夫人，这确是一首有价值的情诗，像您本身一样夸饰？我如此兴趣盎然地编织这种自命不凡的赞歌，老实说，不要求您任何回报。

十七　头发中的半个地球（异国情调诗）

让我长久地，长久地闻你头发的气味吧，让我的脸全埋在你的头发里，就像一个干渴的人脑袋扎进泉水中，让我用手摇动你的头发，好似挥着一方香帕，以便将记忆抖落在空中。

如果你能了解，我在你的头发中所看到的一切！所感到的一切！所听到的一切！我的灵魂漫游在香气中，如同别人的灵魂驰骋在音乐里。

你的头发布满了船帆，布满了桅杆，包含了整整一场梦幻，包含了大海大洋，而海洋的季风把我送往气候迷人的地方，那里的天空更蓝，更深邃。那里的大气弥漫着果实，树叶和人的肌肤的芳香。

在你头发的海洋里，我依稀看见一个港口，那港口缭绕着忧伤的歌声，麇集了各国的强壮汉子，泊满了各种形式的船只：船只精巧而复杂的构造，鲜明地映在炎热永远盘踞的辽阔的天空上。

抚摩你的头发，我重又感到那漫长时刻的懒散：那是在一只美丽的船上的舱室里，坐在沙发上，一边摆着几盆花，另一边放着几只凉水壶，任由港口难以觉察的波浪的摇晃。

在你头发的赤热的火炉中，我又呼吸到混杂鸦片和糖的烟草气味；在你头发的黑夜里，我看到了热带碧天的无际的光辉；在你头发的毛茸茸海岸上，我陶醉于柏油、麝香和椰子油的混杂气味。

让我长久地咬住你这油黑而沉重的发辫吧。我轻轻嚼着你这富有弹性而不听摆弄的头发，就觉得在一口一口吃着回忆。

十八　邀游

据说，有一个地方绝佳绝美，有一个地方堪称人间天堂，我梦想着同一位老女友前去游历。那地方很奇特，湮没在我们北方的迷雾中，可以称作西方的东方，欧洲的中国，而火热的、任性妄为的想象，已经在那里尽情驰骋，并且耐心地、执着地用精美的花木，极力给那里增添光彩。

真正是一个人间天堂，一切都那么美丽，那么丰盛，那么宁静，那么惬当；豪华尽兴地在秩序中映照自身，生命饱满而甜美，畅快地呼吸；而混乱、喧闹和出人意料，则一律排除在外；幸福与寂静相结合；饮食本身都富有诗意，既丰盛又刺激食欲；一切都特别像你，我亲爱的天使。

这种在寒冷的苦难中折磨我们的热症，这种对一无所知的地方的向往，这种由好奇心引起的焦虑不安，你都了解吧？一个特别像你的国度，一切都那么美丽，那么丰盛，那么宁静，又那么惬当，幻想已经在那里营造并装点了一个西方的中国，生命那么甜美，畅快地呼吸；幸福同寂静相结合。就应该前往那里生活，就应该去那里了结一生！

对，就应该去那里呼吸，梦想，用感觉的无限延长时间。一位音乐家写过《邀舞》，那么谁来创作《邀游》，用以献给自己所爱的女子，献给选中的姊妹呢？对，在那样的氛围中，生活得才会更好——那里，时日更为缓慢，却包含更多的思想；那里，时钟敲响幸福，钟声庄严，显得更深沉，更富有意义。

在光亮的壁板上，或都在金色和一种丰富暗色的皮革上，谨慎地存活着怡然自得的、平静而深刻的绘画，犹如创作这些绘画的艺术家的灵魂。夕阳晚照，极大丰艳地点染了餐厅或客厅，透过美丽的窗帘，或者由铅条隔成小格的高大窗户，就显得分外柔和，家具尺码都很宽大，造型新颖而奇特，安了锁和秘密抽屉，里面好像收藏着高雅的灵魂。镜子、金属制品、星状饰物、金银镶饰和彩陶，正在这里为眼睛演奏一支神秘而无声的交响曲。从所有物品中，从每个角落里，从抽屉的缝隙和帏幔的皱褶，散发出一种独特的香气，苏门答腊的一种“再来香”，似乎正是这套房间的灵魂。

跟你说，一个真正的人间天堂，一切都那么丰盛、洁净和油光锃亮，宛若一套精美的炊具，宛若一件无比辉煌的金器，宛若一家五光十色的珠宝店！世界的财宝都汇聚到这里，正如一个勤劳者的家庭，值得拥有整个世界。独特的地方，超越其他地方，就像艺术高于自然！大自然，在这里被梦幻改变了，自然被修正、美化、重造了。

园艺的这些炼金术士，让他们追求，让他们继续追求吧，让他们不断地推进他们幸福的界限吧！让他们提出六万，乃至十万弗罗林[1]的花费，以便解决他们雄心勃勃的问题！而我，我已经找到了我的黑郁金香和蓝色大丽花！

无与伦比的花啊，重逢的郁金香、富有寓意的大丽花，不止是应该到那里，到那如此静谧、充满梦想和美丽地方，去生活和开花结果吗？

梦想！永远是梦想！心灵越敏感，越是雄心勃勃，就会随梦想越远远脱离可能。每人身上天生自有一份鸦片，而且不断分泌和更新，而我们从出生到死亡，究竟能有多少小时是由实在的享受、果断而成功的行动填满的呢？难道我们不是要在我的思想所描绘的图景中，在同你相像的这种图景中生活，度过一生吗？

这些珍宝、这些家具、这种豪华、这种秩序、这种香泽、这些神奇的花朵，就是你呀。还是你哟，这些大江大河，以及这些静静的运河。江河上巨大的船只往来，装满了财富，升起劳作的单调歌声，这正是我的思绪，在你的胸脯上或沉睡或打滚。你轻轻地将我的思绪引向无垠的大海，同时在你美丽的心灵的清澈中，映现出天空的深邃——当那些船只在浪涛中航行累了，满载东方物产返回家乡的港口，那还是我的丰富了的思想，从无限回到你身边。

① 英国银币名称，1弗罗林合2先令。

十九　穷人的玩具

我要讲一讲，天真无邪的消遣是一个什么概念。无罪的娱乐真是少之又少。您若是早晨出门，打算遛遛大街，那么就把您的口袋装满特别便宜的小玩具吧，如用一根线牵动的扁平木偶、锤打铁砧的铁匠、骑兵骑着马尾带哨子的马。您沿着开酒吧的街道走去，在大树下，遇见不认识的穷家孩子，就送给他们小玩具。您会看到他们的眼睛睁得老大老大。起初他们还不敢接：他们会怀疑自己有这种运气；继而，他们伸出手，一把抓过小礼物，撒腿跑开，就像猫一样，叼走您给的食物，要到远离您的地方去吃。只因猫已经懂得防范人了。

在大路旁的一座大花园里端，显露一幢美丽的别墅，白色墙体辉映着阳光，一个清秀的孩子站在铁棚门里，他一身乡村打扮，却从上到下透出俊美和雅致。

生活奢华，无忧无虑，又看惯了财富，这样人家的孩子特别漂亮，让人以为是另一种材料生成的，不同于普通人家或者穷人家的孩子。

在那孩子身边的草坪上，躺着一个无比华丽的洋娃娃，同它的主人一样清秀，上了漆，镶了金，穿着紫红色衣裙，戴满了羽饰和玻璃珠子。然而，那孩子并不理睬他宠爱的娃娃，眼睛却注视外面：

在铁栅门外面，在路旁野生蓟和荨麻中间，也有一个孩子，脏兮兮的，身体羸弱，一脸炭黑色，是贱民家的孩子，而一副不带偏见的目光，就能发现那孩子的美，如果能像行家的目光那样，从一种粗油漆下面猜出一幅理想的画，那目光同样能从孩子的身上清除令人厌恶的穷苦的污垢。

具有象征意义的铁栅栏隔开两个世界：大路和别墅。穷孩子透过铁栅栏，向富孩子展示他自己的玩物，那富孩子贪婪地盯着，就像注视一个未见过的稀奇物件。小脏孩逗弄、刺激、摇晃着装在铁笼子里的玩物，原来是一只活老鼠！他的父母大概图省钱，把玩具从生活本身抹掉了。

而两个孩子像兄弟一样相互嬉笑，露出了“同样的”雪白牙齿。

二十　仙女的礼物

这是仙女们大聚会，要分配礼物给二十四小时以来出生的婴儿。

命运的所有这些古老而任性的姊妹，所有这些古怪的欢乐与痛苦的母亲，彼此千差万别：有一些神情黯然，快快不乐，另一些则顽皮而狡黠；有一些年轻，永远年轻，而另一些年老，永远年老。

信奉仙女的所有父亲都来了，每人怀里都抱着新生儿。

天赋、才能、好运、不可战胜的机遇，都集中放在评判台的旁边，如同颁奖仪式摆在讲台上的奖品。不过，这里的情况有一点特别：这些礼物并不是奖赏一种努力，而是恰恰相反，要给尚未生活过的人一种决定命运的恩赐，成为他们一生不幸或者幸福的根源。

可怜的仙女们忙得不亦乐乎，因为请求奖赏的人数众多，而这个介乎人和上帝之间的世界，也同我们一样，受制于时间及其无穷后代，即日、时、分、秒的严酷法则。

其实，仙女们那种惊愕的神态，不亚于受召见的朝臣，或者恰逢国家盛典获准无偿取回典当品的职员们。我甚至认为，她们肯定不时地看时钟的指针，跟人间的法官一样焦急；从早晨就开庭了，法官们就不免幻想家庭、晚餐，以及他们的宝贝拖鞋。如果说在超自然的法庭上，判决也有失之仓促、事出偶然的话，那么人间法庭出现同样情况，就不足为奇了。在这种情况下，我们自己也可能成为不公正的法官。

那一天，还果然出了差错，可能有人认为错得怪异，因为仙女们突出的、永恒的性格，应该是谨慎，而不是任性妄为。

仙女们就是这样行事，把磁石般吸引财富的能力，判给了一个豪富家庭的唯一继承人，而这个继承人天生毫无慈善的心肠，也毫不觊觎生活中最显而易见的财富，日后坐拥数百万家私，他就要神奇般困守终生了。

她们还把爱美和诗才判给了一个十足的无赖的儿子：这个无赖是个石匠，根本不可能帮助儿子发挥才能，也不可能满足他这可怜的后代的各种需求。

我还忘记告诉您，这种场合非常庄严，判决无可挽回，颁发给任何礼物都不能拒绝。

所有仙女都站起身来，以为完成了她们繁重工作，礼物一件也没有剩下，再也没有任何东西可以慷慨施舍给世人了；这时却有一个老实人站起来，想必是个可怜的小商贩，他一把揪住离他最近的那位仙女的五彩云霞裙，高声说道：

"嗳！夫人，您把我们忘记了！还有我这小孩呢，我不能白来，什么也没有得到呀！"

这一下可难住了这位仙女，因为什么也没有剩下。不过还好，她及时想起一条人所共知的法则，尽管在神仙居住的超自然世界，这条法则很少实行：这些神仙平时虽然触摸不到，但毕竟是人类的朋友，往往不得不迁就人的冲动，这样的神仙诸如仙女们、地精、火蝾螈、男女气精、男女水妖。我是说碰到小商贩的这种情况，即礼物分发完了的时候，这条法则赋予仙女们一种能力：再附带给一份特别的礼物，只要仙女们有足够的想象力，当即创造出来。

且说这位善良仙女不失其身份，口气坚定地回答："我给你儿子……我给他……讨人喜欢的天赋！"

"可是，怎么讨人喜欢啊？讨人喜欢……？为什么讨人喜欢啊？"小店主固执地追问，显然他思维能力极为一般，不能一直升华到荒谬的逻辑。

"不为什么！不为什么！"仙女恼火了，回敬道。她随即转身，追上伙伴们的队列，对她们说道："这个微不足道的法国人，你们觉得怎么样？他虚荣心够强的，什么都想弄明白，本来为他儿子争取到最好的彩头，还敢问这问那，讨论不能讨论的问题！"

二十一　诱惑（或者爱神、财神和荣名）

两个非常帅气的撒旦，和一个同样出色的女魔鬼，昨天夜里登上神秘的阶梯：地狱正是由这条通道袭击睡眠中的人的弱点，同梦中人秘密沟通。他们就这样十分得意地站到我面前，仿佛站在一个台子上。这三个人物身上发出硫磺的光辉，由夜色前景的衬托，显得特别鲜明。他们神态不可一世，充满威慑力，开头我还真把他们三个当成了真神。

头一个撒旦，那面容难辨性别，全身的体态，颇具当年酒神巴克科斯的那种柔和。他那双倦怠的美目，呈现一种难以描摹的暗色，好似饱含暴风雨沉重泪珠的紫香堇，而他那两个微张的嘴唇，犹如火热的香炉，散发出芬芳的气味；他每次叹息，就有带着麝香味的昆虫闪着光亮，迎着他呼出的热气飞舞。

他身穿紫红色的长袍，围着的腰带却是一条闪闪发光的蛇，那蛇头高举，火红的眼珠懒洋洋地转向他。这条活腰带上挂着好几个盛满致命液体的小瓶，以及亮晶晶的刀子和外科手术器械。他右手还拿着一个小瓶，里面装着一种红色发光的液体，标签上写着这样古怪的话：“喝吧，这是我的血，一种特效的补品。”他左手操着一把小提琴，无疑是用来歌唱其欢乐与痛苦，并在群魔舞会的夜晚，大肆传染他的疯狂。

他那纤细的踝骨还拖着断下来的几节金链环，由此引起的尴尬，时常迫使他眼睛垂向地面，不过，他倒自我欣赏起来，目光盯着自己的脚指甲，鲜亮光滑得像打磨过的宝石。

他注视着我，那双眼睛伤心不已，却又流露出一种险诈的醉意，他以悠扬悦耳的声音对我说道："你若是愿意，你若是愿意，我就能让你成为所有灵魂的君主，你将主宰一切生灵，要胜过雕塑家摆弄黏土的程度；你还能不断地再生，体会到脱离自身并在别人体内忘却自我的乐趣，吸引他人的灵魂直到与自己的灵魂相混同的乐趣。"

我便回敬道："不胜感激！你说的那些生灵，根本不值一提，对我毫无用处，肯定还不如我这可怜的自身。尽管回想起来有些惭愧，我也什么也不愿意忘记；老怪物，即使我不认识你，可你这神秘的刀剪，你这些可疑的小瓶子，还有绊着你双脚的锁链，这些象征性物件相当清楚地表明，你的友谊有大麻烦。你的礼物自己留着吧。"

第二个撒旦没有那种悲喜交加的神态，没有那种逢迎的文雅举止，也没有那种芳香四溢的精致美。他身体庞大，一张没长眼睛的大脸，沉甸甸的大肚子垂到大腿上，全身肌肤金饰金鳞，闪闪发亮，仿佛文了身，又好像一大群活动的小人形，代表了普遍苦难的多种形貌；有瘦成皮包骨甘愿挂在钉子上的小人儿；有畸形的侏儒，又瘦又小，那种乞求施舍的眼睛，比发抖的双手还要可怜；还有老母亲，怀里抱着叼着干瘪的乳头不放的发育不良的婴儿；还有许多其他各色各样的。

这个肥胖的撒旦用拳头捶着巨型的肚子，于是肚里响起悠长的金属的叮当声，末了则隐约传出人数众多的呻吟声。他哈哈笑起来，恬不知耻地亮出满口蛀牙，他那大笑的蠢样儿，类似所有国家吃得太好的一些人。

这家伙对我说："我能送给你一样能获取一切，价值一切、代替一切的东西！"说着，他就拍了拍他那硕大的肚子，响亮的回声为他粗俗的话做了注脚。

我憎恶地扭过头去，回答道："我要享乐，用不着把任何人推进苦难，我也不需要一种像壁纸似的悲哀的财富，一种因你皮肤上所表现的种种不幸而悲哀的财富。"

至于那个女魔头，我若是不承认第一眼就发现，她有一种古怪的魅力，那我就是说谎了。要界定这种魅力，最好的方式，莫过于比作非常美的女子青春已逝、风韵犹存的魅力，她们不再衰老，那种美保留着废墟的动人心魄的魔力。她那副样子既专横，又缺乏沉稳；她的眼神虽然暗淡，却蕴含一种迷人心性的力量。不过，最让我惊诧的，还是她那声音的神秘韵味，我听着就回忆起那种最甜美的次女低音，还带点儿喉咙因灌烧酒而形成的沙哑。

"你想了解我的威力吗？"假女神以她那迷人而又异常的声音说道，"听好了！"

这时，她吹起一支巨型的喇叭，那喇叭像芦笛一样，浑身挂满了世界所有报纸的名称，她用喇叭高呼我的名字，那隆隆的声响赛似十万个雷霆，直冲云霄，又从最遥远的星球传来了回声。

“见鬼！”我有五分被迷住，说道，“这还真顶事儿啊！”然而，我更加细心地审视这位迷人的悍妇，隐约觉得认识，曾见过她同我熟识的几个活宝交杯换盏，而且，这铜号的沙哑声音，向我的耳畔送来不知是哪支卖身喇叭的记忆。

因此，我十分轻蔑地回答：“滚蛋！我生在世上，可不是要娶我不想道出姓名的某些人的情妇。”

自不待言，如此英勇的克己行为，我有权感到自豪。只可惜我醒了，随即丧失了全部勇气，心中暗道：“老实说，我真是昏了头，竟如此顾虑重重。唉！在我醒着的时候，如果他们能再来，我就不会这么端架子了！”

于是，我高声恳求他们，哀求他们宽恕我，还向他们保证，为了赢得他们的恩宠，让我怎么自我毁誉都在所不惜；然而，我一定是大大地冒犯了他们，因此他们始终没有再来。

二十二　暮色苍茫

天色黑下来。可怜的世人忙碌了一天，疲惫不堪，终于沉静下来了，现在他们的思绪也换上了暮晚的柔和而苍茫的色调。

恰巧这时，一声高亢的吼叫，由嘈杂的人声所组成，穿过暮晚透明的云雾，从山顶传到我的阳台，但是在长空传递过程中，变成一种凄怆的和弦，宛如初涨的海潮，或者苏醒的风暴。

如此不幸，他们是什么人呢？到了夜晚还不能平静下来，像猫头鹰一样，把夜幕降临视为狂欢的信号吗？这种哀鸣，从坐落在山上的黑魆魆的收容所传来，而在这薄暮时分，我正抽着烟，凝望着那房舍林立、阔大的山谷的静谧，看那每扇窗都似乎在说："现在，这里宁静了！这里是家庭的欢乐！"当风从山上刮起来的时候，我就可以让我这惊异的思想荡漾在这种效仿地狱的和谐中。

暮色越发刺激狂人。——记得我有两个朋友，正是暮色引发了大病。其中一个否认了友谊和礼貌的全部关系，像个野人似的，粗暴对待任何来客。我看见他将一只烤得很好的鸡，朝旅馆老板的头掷过去，不知道他以为在鸡身上看到什么侮辱的文字。暮晚，本是深度快感的序幕，但对他而言，却败坏了最美味的东西。

另一个是个受了挫伤的雄心勃勃的人，随着天色渐晚，他就变得更尖刻，更阴沉，更爱戏弄人了。白天还好，他表现挺宽容，又能联络人，一到夜晚就变了个人，那么冷酷无情了，他那种黄昏狂症大肆发作，不仅仅对别人，而且还对他自身。

头一个死于疯癫，他连自己的妻子和孩子都不认得了。第二个则带着这个终生毛病寝食难安，尽管共和国和群主们赠予他各种荣誉，我还是认为暮色会点燃他的欲火，在想象中追求名望。黑夜在他们的头脑中弥漫黑暗，却照亮我的思想。同样的缘由造成不同的后果，这种现象虽然并不鲜见，我每每照样感到困惑而警觉。

夜啊！令人头脑清爽的黑暗啊！对我正是内心节日的信号，也是惶恐不安的解脱！在平野的孤寂中，在一座都会石造的迷宫里，繁星闪烁，灯火通明，夜哟，您就是自由女神的焰火！

暮色啊，多么柔和，多么温馨啊！天边还有一抹玫瑰色，仿佛在黑夜节节胜利的催逼之下，那是白天回光返照，又像是大烛台的烛火，在落日的余晖上映出的暗红斑点，一只无形的手从东方深处拉起的沉重帷幕，模仿着人在生命的庄严时刻，内心进行斗争的全部复杂感情。

还可以比作舞女的一种奇异的长裙，透明的暗色薄纱，能露出里面亮丽衬裙多少掩盖了的光彩，犹如美妙的过去透过了黑暗的现在；而在夜空撒播的金光和银光闪烁的星辰，则体现只有在夜深沉的黑纱下面，才能很好点燃的幻想之火。

二十三　孤独

一位主张博爱的报馆老板对我说，孤独对人是坏事，为了论证他的观点，他跟所有不信神的人一样，引述了教父的言论。

我知道魔鬼喜欢光顾荒凉的地方，而凶杀和淫乱的意念，在孤独中更容易点燃。不过，若说这种孤独危险，很可能只对懒散而胡思乱想的灵魂而言：这种灵魂用自己的欲望和幻想充塞了孤独。

一个夸夸其谈的人，极大的乐趣就是高高站在讲台上或论坛上高谈阔论，他若是住到鲁滨孙的岛上，那就非要发疯不可。我并不要求这位报馆老板具有鲁滨孙那种勇气十足的功力，只是请他不要动辄指责喜爱孤独和神秘的人。

在我们喜欢饶舌的种类中，有一些人甚至不那么厌恶地接受极刑，只要允许他们在绞刑架下的高台上，大发一通议论，哪怕桑泰尔[①]的鼓声会捣蛋，打断他们的演说。

我并不怜悯他们，因为我猜得出来，他们纵论畅谈所得到的快

① Claude Santerre，巴黎圣安托万大街的啤酒店主。在法国大革命期间，1793年1月21日，法国国王路易十六被押上断头台，他要向民众发表演说时，桑泰尔敲起鼓来，压住国王的声音，因而史上留名。

感，能与别人从孤寂和冥想中体会的快感相媲美；但是我鄙视他们。

我尤其渴望我那可恶的报馆老板让我自得其乐。他很像布道似的，操着浓重的鼻音对我说道："您就从来没有感到，需要与别人共享您的快乐吗？"瞧瞧这个嫉妒的老滑头！他明知我鄙视他的快乐，就处心积虑要跻身到我的快乐中，多么丑恶的搅局者！

"不能单行独处，实在是大不幸！……"拉布吕埃尔①在什么地方这样说过，仿佛要羞臊所有那些无疑害怕受不了自己的德行，就混迹人群中忘却自我的人。

"我们所有的不幸，几乎都缘于我们不善于独处在自己的房间。"另一位智者，帕斯卡尔②如是说，我认为这是召唤所有那些魂不守舍的人回到沉思的斗室，不要到世间的乱象中，不要到我若是用本世纪的时髦话，可以称作"博爱癖"的卖身忘我中寻找幸福。

① Jean de La Bruyere（1645—1695），法国散文作家，著有《品性论》。

② Blaise Pascal（1623—1662），法国数学家、物理学家、笃信宗教的哲学家，散文作家，从他的笔记整理出来的《思想录》流传于世。

二十四　计划

他在一座僻静的大公园里散步，心里一边合计："她若是穿上宫廷服装该有多美，既繁复又华丽，在良宵好景的氛围中，步下一座宫殿的大理石阶，面向大草坪和水池！因为，她天生一副公主的仪态。"

随后，他来到街上，停在一家版画店门前，发现装在纸板盒里一幅表现热带风光的版画，心中又暗道："不行！我并不愿意在一座宫殿里，拥有她那亲爱的生命。那就不像住在我们自己家了。再者说，那样金碧辉煌的墙壁上，也没有地方挂她的肖像；在那样庄严的走廊里，也没有说说知心话的角落。毫无疑问，应该待在那画上的地方，耕耘我一生的梦想。"

他一边仔细赏析那幅版画，一边继续想道："一幢漂亮的木屋，就在海边，环绕着各种亮晶晶的古怪树木，名称我都忘记了……空气中弥漫着一种说不出的、醉人的芳香……木屋内，玫瑰和麝香的香气馥郁……在我们小小私宅的后身，稍远一点儿，只见在波浪中摇曳的几根桅杆顶端……房间明亮，玫瑰色的光透过遮帘，变得很柔和，屋里陈设着清凉的席子、香气醉人的鲜花，还有几把珍贵的椅子，葡萄牙洛可可式样，由沉重的乌木制作（她歇在椅子上，那么平静，那么风凉，吸着略掺点儿鸦片的烟叶！）；在我们周围，在房子外面，在游廊的外边，有陶醉于阳光中的鸟雀的喧闹，以及黑人小女孩叽叽喳喳的说笑……夜晚，音乐树的哀歌、木麻黄树的咏叹调，都为我的梦境伴奏！对，老实说，我寻找的环境，正是在这种地方。我要宫殿做什么用呢？”

他沿着一条林荫路再往远走，便看到一家洁净的客栈，从一扇挂着悦目的印花薄纱帘的窗口，俯下两张喜笑颜开的脸。于是，他立刻想道：“我的思绪太放纵了，竟然舍近求远。乐趣和幸福就在随便一家客栈里，就在偶尔碰到的一家客栈里，享乐不一而足。一炉旺火、鲜艳夺目的瓷器、一顿还算可口的晚餐、一瓶涩口的葡萄酒，一张宽大的床铺，床单有点儿粗糙，却是崭新的；还有什么比这更好的呢？”

此时此刻，外界的纷乱生活，再也扼制不住智慧的忠告，他一边独自往回家走，一边自言自语：“今天我梦想了三处居所，获得了同样的乐趣。既然我的灵魂能如此轻装旅行，又何必强迫我的躯体变换地方呢？既然在心里合计合计就是享乐，如愿以偿了，那又何必去实施什么计划呢？”

二十五　美丽的多罗苔

阳光炽烈，直射下来，压迫着城市；沙子光亮耀眼，大海波光粼粼。世间昏昏沉沉，无力而懈怠，睡起了午觉：这种午觉类似一种甜美的物化，睡者还半醒着，品味着自身消亡的快感。

这工夫，多罗苔走在空无一人的街上，像太阳那样强势而高傲，在无边无际的蓝天下，此刻她是唯一活跃的生灵，在普照的阳光上，印出一个鲜明的黑斑点。

她往前走，微微摆动着极肥大的臀部上极纤细的腰身。她那紧身的丝绸衣裙呈粉红的清丽色调，同她黝黑的肌肤形成鲜明的对照，十分准确地突显她那颀长的身躯，流线型的脊背和隆起的胸脯。

她那顶红色小阳伞滤过的阳光，撒在她那张幽暗的脸上，仿佛施了血红的脂粉。她那头沉甸甸的浓发近乎蓝色，坠向她那娟秀的头后边，平添了一副得意而又懒散的神态。沉重的耳坠在她纤巧的耳畔窃窃私语。

海风不时掀起她那飘拂裙子的一角，露出光亮而标致的大腿；她那双脚，活似收藏在欧洲博物馆中大理石女神雕像的脚，将其形状如实地印在细沙上。只因多罗苔爱美到了无以复加的程度，在她的心里，被人欣赏的乐趣远胜过获得解放的自豪：她虽然自由了，走路仍然光着脚。

她动作协调，就这样往前走，活得很幸福，微笑粲然，露出满口白牙，就好像她在这远远的空中，望见一面映现出她行走和娇容的镜子。

在这种时刻，在赤日的灼噬下，就连狗都痛苦地呻吟，那么美丽而冰冷如青铜像的多罗苔，这样懒洋洋地行走，又是出于什么要紧的动机呢?

为什么她要离开布置得如此俏丽的小木屋呢？花极少的钱，就用鲜花和席子装饰一间完美的小起居室，她怀着无穷乐趣，在起居室里梳头，吸烟，打着大羽毛扇纳凉，或者对着镜子自我欣赏，而海浪拍打着百步之遥的海滩，以其有力而单调的旋律，伴随着她那不着边际的幻想，同时铁锅里螃蟹炖米饭番红花，也从院子深处给她送来那种诱人的飘香。

也许她同一名年轻军官有约会吧？那军官在遥远的海滩上，曾听伙伴们谈起过美丽的多罗苔。她这个天真的造物，见了面肯定会恳求人家给她描述歌剧院的舞会，还问人家能否光着脚去参加舞会；就像参加本地星期天舞会这样，在舞会上，就连土著卡菲尔[①]老太婆都会变得迷醉，简直能乐疯了；接着又要问，巴黎那些美丽

① La Cafrerie，非洲一片辽阔的地区，位于印度洋沿岸，从赞比西河一直到拉戈阿葡萄牙殖民地。

的妇人，是否个个都长得比她漂亮。

多罗苔受到了所有人的赞美与宠爱，可惜她不够幸福美满，只因她不得不一皮阿斯特[①]一皮阿斯特地攒钱，以便为她十一岁的小妹妹赎身：小妹妹快要长成人，容貌那么美了。

善良的多罗苔，她一定能把事办成。那女孩的主人极其吝啬，极其吝啬！太吝啬了，不懂得金钱之外的美！

① 在多处殖民地和远东国家流通的货币。

二十六　穷人的眼睛

唔！您想要了解为什么今天我恨您。我若是不向您解释，您一定不容易弄明白；因为我认为，您是天下所能遇到的、一点儿盐酱不进的最典型的女人。

我们一起度过了漫长的一天，而我都觉得很短暂。我们相互许诺，我们的所有思想，都将是我们双方共有的，而且，我们二人的灵魂，此后也要融为一体了。这种梦想，毫无独特之处，说到底，这是所有男人都梦想过的，却没有任何人实现过的一场梦。

到了晚上，您有点儿乏了，要到一家新开的咖啡馆的露天座坐坐。那家咖啡馆位于也是新开的一条林荫大道的街口，路面还到处是灰泥，虽然尚未竣工，但已经表露出其辉煌的气派了。咖啡馆闪闪发光。煤气灯在展示新开业的全部热情，竭尽全力照亮白得耀眼的墙壁、一片片白光炫目的镜子，也照亮各种装饰物和绘画的图景：有镀金的圆脚线和突饰，有狗拖着牵绳的脸蛋滚圆的青年侍从们，冲着落在拳头上的鹰隼大笑的贵妇们，头上顶着水果、肉酱和野味的仙女们和女神们，还有伸直手臂、端上装着奶油冻点心的小双耳杯，或者双色尖塔似的冰淇淋的赫柏[①]们和加尼墨得斯[②]们，所有这些故事和神话，都用来侍候贪吃的人。

正对着我们的马路上，伫立着一个老实男子，有四十来岁，脸色疲惫，胡子已经花白了，他一只手拉着一个小男孩，另一只手臂抱着一个太弱小而不会走路的小家伙。他正充当保姆的角色，晚上带着孩子出来散步。三个人都衣衫褴褛。那三张脸表情都异常严肃，六只眼睛盯着新开的咖啡馆，都是同样欣赏的眼神，但因年龄差异而有所不同。

父亲的眼神在说："多美啊！多美啊！这可怜世界的黄金，好像全镶在这些墙上了。"小男孩的眼神在说："多美啊！多美啊！不过这房子，只有跟我们不一样的人才能进去。"至于那个最小的孩子，已经看傻了，眼神里只深深流露出一种愚蠢的快乐。

自编自唱的艺人们说，快乐使人灵魂善良，心肠柔软。这天晚上对我而言，歌中唱得对。我不仅被这一家人的眼睛所打动，还为比我们的干渴大得多的杯子、酒瓶而感到几分惭愧。我的目光移向您的目光，亲爱的，想从您的眼中看到我的思想；我深探您那极美的、温柔得极怪异的眼睛，深探您那由任性寄居、由月亮启迪的绿色眼睛，忽听您说道："那些人，眼睛瞪得跟车门一样大，真让人

① Hebe，希腊神话中的青春女神，宙斯与赫拉的女儿，在奥林匹斯山侍候诸神，为他们斟酒。

② Ganymedes，希腊神话中的人物，特洛伊王子，宙斯出于喜爱，掠去作侍酒童子。

受不了！您就不能请咖啡馆老板把他们赶走吗？”

我亲爱的天使，人达到默契有多难啊，甚至在相爱的人之间，思想也太难沟通啦！

二十七　死得英勇

方西乌勒是一个令人赞赏的小丑，差不多算是君王的朋友圈子的一员。不过，对于终生以滑稽为业的人来说，严肃的事情却具有无法抵御的吸引力，尽管祖国和自由这样的念头能如此专横地占据一名小丑的头脑，看起来实在太怪了，有一天，方西乌勒还是参加了由几位不满朝政的贵族组成的一个阴谋集团。

到处都有正派人向当局告发这些牢骚满腹的人，怪这种人想要推翻君主，也不事先征得社会的同意就想要改造社会。结果，那些贵族被捕了，方西乌勒也名列其中，而且必遭判决，难逃一死。

我倒情愿相信，君王看到自己喜爱的演员卷入叛逆中，恐怕会非常恼怒。比起其他君王来，这位君王既好不了什么，也坏不了哪儿去，但是他敏感过分，在大多情况下，就不免比他的同类更加残忍，更加专制。他酷爱美术，也是很有眼力的行家，确实不知餍足地追求快感。他本人就是个真正的艺术家，不大关心人和道德，只碰到过无聊这样危险的敌人，而他为了逃避，或者为了战胜世界这个暴君，做出了相当怪诞的努力，理所当然会招来一位严肃的历史学家给他冠以“怪物”的称号，如果这位历史学家能在自己的领域中，获准写出不仅仅旨在愉悦或者作怪的东西，须知作怪也是愉悦最讨巧的一种形式。这位君主的巨大不幸，就是他始终没有能施展他的才华的大舞台。有些年轻的尼禄，身处的活动空间太狭窄而窒息，他们的姓名和良好的愿望永远也不能为后世所知。缺乏预见的天主赐予这位君王的能力，远远大于他统治的国家。

忽然盛传君主打算赦免所有谋反者；传闻缘于一场盛大演出的广告，方西乌勒本在剧中扮演他重要的，也是他最好的一个角色，据说，那几位判处死刑的贵族也要出席观看，一些浅薄的人甚至还说，这是被冒犯的君主宽厚本性的明显标志。

对于一个天生古怪又情愿古怪的人来说，一切皆有可能，哪怕是讲德行，哪怕是讲宽大为怀，尤其是他若能从中发现出乎意料的乐趣。然而，对于像我这样，能深探这颗好奇的病态灵魂的人来说，这位君主想要判断一个被判死刑的人，在舞台上究竟有多大才能，这倒是更有极大的可能。他还想利用这个时机，做一次具有根本意义的心理测试，验证一下一位艺术家通常表现的才能，碰到异常的情况，会在多大程度上受到干扰，或者发生变化。此外，他的心灵里是否存在宽容之意，有一种或多或少确定的打算呢？这一点就始终不得而知了。

盛大的日子终于到了，这个小朝廷展示了它的全部排场，如果不是亲眼所见，实在难以设想，一个资源极其有限的小国，特权阶级竟能搞得如此辉煌，以显示其名副其实的隆重。这个特权阶级更是双倍名副其实，首先由于铺排奢华的魅力，其次由于追求奢华中所投入的那种道德的神秘兴趣。

方西乌勒先生尤其擅长扮演哑剧或者极少台词的角色，往往是梦幻剧中的主要人物，而剧作的宗旨是象征性地表现生命的奥秘。他轻松地走上舞台，表演十分自如，这就有助于增强贵族观众温和与宽容的意念。

说到一个演员，“真是个好演员”这种说法就包含这样一层意思：透过人物，还能看得出演员，也就是演员的艺术、努力、意志。然而，一名演员要表现人物所达到的高度，如果比得上古代最出色的雕像神奇般有了生命和灵魂，能行走，能观看，达到了美的普遍而模糊的观念，这毫无疑问是一个特例，完全出乎意料。那天晚上，方西乌勒就完全达到了这种理想境界，不可能不认为他表现的人物是有生命的，是可能存在并实有其人。这个丑角在舞台上走来走去，一会儿欢笑，一会儿哭泣，全身痉挛，头上罩着不可摧毁的光环，所有人都无视、唯独我看得见的光环，而光环中艺术的光辉与牺牲的荣耀相交织，形成了一种奇异的混杂。不知通过什么特殊的优雅，方西乌勒引来神圣的和超自然的东西，植入最荒诞的滑稽表演中。我力图向您描述这个难以忘怀的夜晚时，笔不由得颤抖了，一直激动不已，泪水已经盈眶了。方西乌勒以果断的、不容置辩的方式向我证明，艺术的迷醉，比什么都更能有效地遮掩深渊的恐怖，而天才能在墓畔表演喜剧，受快乐情绪的支配而看不见坟墓，那种沉迷的程度，就仿佛置身于排除任何有关坟墓和毁灭的念头的天堂。

全场观众，再怎么麻木不仁，再怎么浅薄，也很快受到艺术家掌控舞台的威力的感染，再也没有人去想死亡、服丧，也不去想什么酷刑了。人人都将不安的情绪置于脑后，忘情地观赏一部生活艺术杰作，觉醒在增值的快感中。快乐和赞赏数次爆发为掌声与喝彩，势如持续的雷鸣，震动了剧场的拱顶。君主本人也陶醉其中，同他的朝臣们一起鼓掌。

不过，有眼光的人能够看出，他的陶醉并不那么单纯。他感到在自己的专制权力方面战败了吗？感到他在恫吓心灵、麻醉精神的艺术方面受辱了吗？感到他的希望遭受挫折，他的预见受到嘲弄了吗？我凝望着这位君主的脸，头脑里闪过这种种猜测，既无从确切地证实，又不是绝对无法证实的。君主通常苍白的脸色，又不断增添新的苍白，犹如雪上又落了新雪。即使他在不加掩饰地赞赏他这位老朋友，为这个奇异的、如此精彩嘲笑死亡的丑角鼓掌时，他的嘴唇也越收越紧，眼睛渐渐射出类似嫉妒和怨恨的内心的火焰。有那么片刻时间，我看见殿下俯过身去，对身后的一名少年侍从耳语了几句。那美少年调皮的脸当即笑逐颜开，接着，他急忙离开君主的包厢，好像要去办一件紧急的差使。

几分钟之后，就突然响起一阵尖厉的、拉长的嘘声，在最入戏的时候打断了方西乌勒的表演，同时撕裂了耳朵和人心。意外发起这种喝倒彩的剧院大厅的那个角落，只见一个孩子憋着嘿嘿笑声，冲进了一条走廊。

方西乌勒受此震动，从梦幻中醒来，先是闭上眼睛，随即又睁开，瞪得极大，然后又张开嘴，仿佛抽搐着要呼吸，踉跄着冲前几步，又退后几步，这才直挺挺地倒下，死在舞台上。

那嘘声就快如一把利剑，果真替代了刽子手吗？君主本人设此诡计时，能完全料到杀人的效果吗？产生这种疑问是难免的，他惋惜他这亲爱的、不可模仿的方西乌勒吗？相信这一点是温馨的，也是合情合理的。

那几位判罪的贵族，最后一次观赏了喜剧演出之后，当天夜里就从生命中抹去了。

从那之后，来了好几个哑剧演员，在各自国家都相当受赏识，到这个宫廷演出，却没有一个能让人联想到方西乌勒的高超的演艺才华，更未获得同样的“恩宠”。

二十八　伪印

我们离开烟店后，我的朋友就仔细检点零钱，将小金币放进背心的左兜里，将小银币塞进背心的右兜里；还有一把大铜钱，就揣进左裤兜里；另有一枚面值两法郎的银币，他特别检查过了，单独放进右裤兜里。

“真奇特，分放得这么仔细！”我心中暗自琢磨。

我们遇见一个穷人，他颤抖着将帽子伸向我们。他那双乞求的眼睛无声地雄辩，比我见过的任何眼睛都更令人不安，在善解人意的一个敏感人看来，那眼神里同时包含了多少屈辱、多少责备啊，能从里面发现某种近似复杂感情的深度的东西，就像挨打的狗泪汪汪的眼神儿那样。

我的朋友远比我施舍得多，我不禁对他说：“您做得对：在感到惊诧的快乐之后，没有什么比给人一个惊喜更快乐的事儿了。”“嗳，那是一枚假币。”他平静地回答，仿佛为自己出手如此大方进行辩解。

我这可怜的头脑，总好在十四点时寻找中午（天赐给我的礼物，是多么累人的能力啊！），突然萌生这样的念头：我的朋友这种举动，只有他渴望在那个穷鬼的生活中制造一个事件的情况下，才有情可原；也许，他甚至渴望了解，一枚假币到了一个乞丐的手中，可能酿成的各种后果，不管是不幸的还是别的什么后果。这枚假币能换成许多真的铜子儿吗？也有可能把他送进牢房吧？比方说，一家酒馆老板、一家面包店老板，也许会把他视为伪币制造者或者散播者，让人给抓起来。不过，对于一个小小可怜的投机者来说，这枚假币也很可能是发几天财的起步。我正这样胡乱猜测，给我朋友的思想安上翅膀，依据各种各样可能的假设，进行各种各样可能的推断。

这时，他却忽然打断了我的妄想，捡起了我说过的话："是啊，您说得对，没有什么比给一个人超出他希望的惊喜更快乐的事儿了。"

我死盯着他，不禁惊恐地发现，他的目光闪着不容置疑的坦诚。于是我完全明白了，他的本意既要行善，又要做一笔好生意；既要赚四十苏钱，又要赚上帝的心，经济实惠地赢得天堂；总之，免费领取一份慈善家的证书。刚才我推测他可能寻开心，搞恶作剧，几乎要谅解他这种欲望了；他要拿穷人取乐，我倒还觉得挺有趣，挺独特；但是我绝不会原谅他这种毫无意趣的算计。缺德绝不可恕，但是自知缺德，倒还有点儿意思，最不可救药的坏毛病，就是因为愚蠢而干坏事儿。

二十九　慷慨的赌徒

昨天，我走在林荫大道上，穿过人群时觉得被人擦了一下，那是个我一直渴望结识的神秘人物，虽然素未谋面，我还是立刻认出他来了。无疑他对我也怀有同样的愿望，擦过时意味深长地眨了眨眼睛。我立即会意，紧紧跟随他，很快就到了一个地下场所，只见里面灯火辉煌，豪华的陈设是巴黎任何高级住宅所无法比拟的。我不免觉得奇怪，如此奇妙的地方，我一定经常从旁边经过，却没有看出有什么入口。这场所的氛围相当适意，只是颇令人陶醉，让人几乎当即忘却生活中各种乏味的烦恼；在里面能享受到一种幽暗的至福，类似那些吃了落拓枣的人①所应感到的极乐，当时那些人登上一座由永恒午后的阳光照耀的迷人岛屿，听到瀑布令人昏昏欲睡的悦耳的声音，就感到心中萌生了渴望，永不再见自己的家园、自己的妻子儿女，永不再出海远航了。

这场所里的男人和女人，相貌都奇特，显示一种无法抵御的

① 见荷马史诗《奥德修记》第九章，是一群传说中的人。波德莱尔也许受英国诗人丁尼生（Tennyson，1809—1892）的抒情诗《食落拓枣的人》启发。据说食落拓枣即做极乐梦。

美，恍若已经见过，在不同时期，不同国家，却又难以准确地回忆起来；他们让我产生一种兄弟般的好感，而不像见到陌生人通常心生的那种恐惧。我若是试图以某种方式，说明他们目光的特殊表情，就要说我从未见过哪双眼睛放射出那样恐惧无聊、渴望感到永生的强烈光芒。

我这位主人和我，我们坐下不久，就已经成为至交老友了。我们又吃又喝，过量地畅饮各种不寻常的酒，同样还有不寻常的事，就是喝了几小时之后，我觉得并不比他醉得厉害。然而，赌博，这种超凡的乐趣，却多次打断我们一阵阵痛饮，我也应当说，我以大无畏的轻松和无所谓的态度，在赌金与大赢家绑定的情况下，还是赌输了自己的灵魂。灵魂这个东西，实在摸不透，又往往没有用处，有时还碍手碍脚，这次我输掉了，也没有觉得怎么不安，还不如我散步时丢了名片。

我们长时间吸烟，雪茄的味道和芳香无与伦比，促使灵魂怀念故乡和没有尝到的幸福，而我完全沉醉在这种欢乐中，便端起满满一杯酒，敢于冲他嚷道："祝您万寿无疆，老山羊！"我这样过分不拘礼节，似乎也没有惹他不快。

我们还谈到宇宙，谈到宇宙的创造及其未来的毁灭，谈到本世纪的伟大思想，即社会的进步和完善，总之，就是人类自命不凡的各种形态。对这个话题，殿下滔滔不绝，嬉笑嘲讽，既轻松又无可辩驳，那种甜滋滋的语调，那种诙谐的冷面，是我在任何最健谈的人身上所从未见过的。他还向我解释，迄今为止控制人类头脑的各种哲学有多荒谬，他甚至特别垂顾，向我透露了几项基本原则，这是我不愿同任何人共同拥有并分享好处的。他不以任何方式抱怨自己传遍世界各地的坏名声，还对我明确说，他本人就是最关心破除迷信的人，向我承认关于他自己的能力，他只担心过一次，正是那天，他听到一个比其他同行更精明的布道者，在讲坛上高声说道："亲爱的弟兄们，你们听人吹嘘启蒙时代①的进步时，永远也不要忘记，魔鬼最高明的诡计，就是说服你们相信他并不存在②！"

一回忆起那位著名的演说家，我们就自然而然联想到学士院的话题，而与我同餐共饮的这位怪友则声称，在大多情况下，要他在笔头上、话语上和道德心上，启发那些教育家，倒也未尝不可，其实，学士院的那些会议，他几乎总是亲自参加，只是没有显形现身罢了。

我受到这样盛情善意的鼓舞，就向他打听上帝的消息，问他近来是否见过上帝。他略带伤感，以无所谓的口吻回答我："我们相遇的时候，就相互问声好，但还是像两位老绅士那样，天生彬彬有礼，却始终不能完全忘掉宿怨。"

真值得怀疑，殿下同一个凡夫俗子是否有过如此长谈，我不免

---

① 波德莱尔几乎总是激烈抨击启蒙时代，他同大多数浪漫主义作家一样，痛恨伏尔泰和革命时期的思想家。

② 在《恶之花》序言的一个提纲中，波德莱尔写道："人人都为之效劳，而谁也不相信。魔鬼精明到了极致。"他在一封信中写道："我们能说，世上还存在一个比魔鬼还正宗的天主教徒吗？"纪德赞赏波德莱尔诗中的这种思想，他在1921年1月2日的《伪币制造者》的《日记》中写道："越是否认，就越是给予他现实。魔鬼在我们否定中彰显出来。"——择自原作注释。

担心自己太过分了。终于，闪烁的晨曦染白了玻璃窗，这位著名人物，多少诗人歌唱过，多少哲学家不知不觉中为他的荣名效力，这时他对我说："但愿我给您留下个好印象，向您证明了，我，被人说那么多坏话，拿你们的俗话说，我有时候就是你们称为'老好人'的'善鬼'。您输掉了灵魂已无法挽回，为了补偿；我给您这样的赌注，您若是运气好就能赢得，也就是说，您可能终生减缓或战胜无聊这种古怪的病症，须知无聊是你们所有病痛和所有可悲的进步的根源。今后，您萌生任何愿望，我都会帮您实现；您将统治您那些可悲的同类；您还会赢得恭维，甚至崇拜；什么金银、珠宝钻石，什么仙宫神殿，都会不招自来，请求您接受，无须您为争取做出一点点努力；您可以随心所欲，频频变换自己的祖国和故乡；您到那迷人的地方，不知疲倦，沉溺在快感中，那里气候永远温暖，女子跟鲜花一样芳香，等等，等等……"他补充说了这些，便站起身来，蔼然微笑着送客。

如果不是怕当众丢人的话，我真情愿跑到这位大度的赌徒脚下，感谢他这种前所未见的慷慨。然而，我离开他之后，无法根治的怀疑，又渐渐回到我的内心，如此神奇的福运，我不敢相信了；上床睡觉的时候，我仍依照残存的愚蠢的习惯祷告了，在迷迷糊糊的状态中念念有词："我的上帝！主啊，我的上帝！务必让魔鬼信守对我的诺言！"

三十　绳子

题赠爱德华·马奈[①]

我的朋友对我说："比较人与人之间的关系，人与物之间的关系，也许幻觉也同样数不胜数。幻觉一旦消失，也就是说，我们一旦原原本本地看清，在我们身外的人或事，就会产生一种奇怪而复杂的感觉，遗憾和惊喜参半，既惋惜消失了的幻影，又叹赏新颖的形象、真切的事实。如果说有一种现象，既明显又普通，总那么相似，其性质也不可能误解，那就是母爱；说一位母亲没有母爱，就像说一束阳光不温暖一样难以想象；因此，对于自己的孩子，母亲的一切行为和话语，都完全基于母爱，这不是完全合情合理的吗？然而，请听听这个小故事[②]吧：这种极其自然的幻觉，大大地把我蒙蔽了。

"从我以绘画为职业，走在路上，总要细心观察行人的面容和

① Edouar Manet（1832—1883），法国印象派画家。他与波德莱尔于1859年初次相遇，随后结成密切的友谊关系，直至波德莱尔去世。从1862年至1869年，马奈给波德莱尔画了五幅肖像。二人还经常有书信往来。——择自原作注释。

② 下文的这篇故事，安排由马奈讲给波德莱尔听。

表情，而您也了解，我们从这种能力中获取多大乐趣，有了这种能力，生活在我们眼里，就比在别人眼里更生动，更有意蕴。我住在一个偏僻的街区，当时楼房之间还有大片草坪，我经常观察一个孩子，他那活泼而调皮的神态，比起任何其他表情都更能首先吸引我。我多次让他做模特，时而把他画成波希米亚儿童，时而把他画成天使，时而又把他画成神话中的小爱神。我让他端起流浪者的小提琴，给他戴上荆冠，还让他拿着耶稣受难钉[①]、厄洛斯[②]的火炬。这个顽童太好玩了，我对他终于产生了非常强烈的兴趣，有一天就恳请他的父母，一对穷夫妇，把孩子过继给我，保证给他穿像样的衣服，给他零花钱，不会逼他干重活，只让他洗洗画笔，跑跑腿。这孩子小脸洗干净了，就变得很可爱，比较他在父亲的破房子里过的日子，他到我家生活就像上了天堂。不过，我应当说，这小家伙早熟的忧伤，有时奇怪地发作，实在令我惊讶，他很快就嗜糖嗜酒，没有节制了！我警告过他多次，可是有一天，我又发现他偷了嘴，于是吓唬他说，要把他送回他父母家。随后我就出了门，在外面办事时间拖长一点儿。

“我回到家一看，多让我恐怖和吃惊啊！第一眼看见我那小家伙，我生活中调皮的伙伴，竟然吊在这个衣柜的壁板上！他的双脚

---

① 耶稣受难时钉在十字架上的钉子，呈三角图形，常用在纹章上。

② Eros，希腊神话中的爱神，即罗马神话中的丘比特。在艺术作品中，他以带双翼的裸体孩童形象出现，携带弓箭在空中飞翔，中了他的金箭就得到爱情，中了他的铅箭就会失去爱情。

几乎挨到地板，一把倒在他身边的椅子，肯定是他踢翻的；他的头痉挛地歪向一边肩膀，脸蛋已浮肿，眼睛睁得极大，可怕地凝视着，首先给了我还活着的幻觉。将他放下来，并不像您以为的那么容易。他的身子已经僵硬了。我心中产生一种难以言状的不忍，不愿意让他猛烈摔到地上，只好用一只手臂将他全身托住，另一只手举上去剪断绳子。这还不算完，这个小鬼用了一根很细的绳子，深深地勒进肉里了，又得找一把小剪子，从肿胀起来的伤口缝儿里寻找绳子剪断，才算解下套住脖颈的绳子。

“我忽略了，没有跟您说当时我拼命呼救，可是，邻居谁也不肯帮我，不知为什么，他们在这方面恪守文明人的习惯，绝不愿插手自缢死人的事件。终于来了一位大夫，他说孩子已死去数小时了。后来要下葬了，要给他换衣服，但是尸体直挺挺的四肢打不了弯儿，我们只好剪开他穿的衣服，才算换下来。

“出了人命事件，我自然要报告警方，警察局长斜着眼睛看我，说道：‘这很可疑！’无疑是基于职业习惯，不管对无辜者还是罪犯，总要先诈唬一下。

“还剩下最后一件任务要完成，一想我就恐惧得要命。必须通知孩子的父母。我要前去，双脚却不听使唤。终于，我鼓起勇气。不过，令我大大惊诧的是，孩子的母亲听了毫无反应，连一滴泪水都没有从眼角溢出来。我把这种古怪的反应归咎为她所应感受到的恐怖，当时我就想起一句著名的格言：‘痛苦大莫大于无声。’至于孩子的父亲，他那样子半迟钝，半心不在焉，只说了一句：‘说

到家，这样也许更好些，他总归得不到好结果！’

“这期间，孩子的尸体还停放在我的长沙发上，有一名女仆当帮手，我正为下葬做最后准备，孩子的母亲忽然走进我的画室。她说她要看看儿子的遗体。老实说，我不可能阻止她痛定思痛，拒绝她在哀伤中得到这种最后的慰藉。接着，她就求我指给她看看她儿子上吊的地方。‘噢！不！太太，’我回答说，‘这会让您太难受了。’可是，我不由自主，目光移向那发生不幸的衣柜，看见钉在壁板上的那根钉子上，还挂着一段长长的绳子，我心里一阵憎恶，还掺杂着恐惧和恼怒的情绪，便立刻冲过去，想要清除这场不幸的最后遗迹，正要从敞开的窗户扔出去的时候，那可怜的女人却抓住我的手臂，以不可抗拒的声调对我说道：‘哎！先生！把这留给我吧！求您了！我恳求您了！’在我看来，她一定是到了悲恸欲绝的境地，对她儿子自杀的用具，现在她都充满了温情，想要作为一种可怕而又宝贵的遗物保留。——她一把夺过了钉子和绳子。

“总算完了！总算完了！一切都办好了。事后，我一心要重新投入工作，心情比往常还急切，以便逐渐驱走那具烦扰我大脑深处的小小尸体，他那瞪大眼珠凝视的幽灵实在让我烦透了。不料第二天，我收到一包信：有几封是我这幢楼房的房客写来的，另外一些信来自附近几幢楼房；一封信来自二楼，另一封信来自三楼，还有一封来自四楼，如此类推。一部分信语气近似开玩笑，仿佛要从表面的戏谑来掩饰认真的祈求；另一部分语气粗鲁而放肆，文字也不讲究，可是全算上，无不瞄准同一个目的，即从我手中索取一截上吊的绳子以祈祷，信上的署名，应当说女士多于男士，但是请相信我，所有人都不属于下层普通阶级。这些信我全保存在手上。

“我里突然灵光一闪，当即明白了，为什么那位母亲要坚决从我手上夺去那段绳子，她又是打算通过什么交易来寻求自我安慰。”

三十一　志向

在一座美丽的花园里，秋日的阳光似乎乐而忘归，几朵金灿灿的云彩，在已然泛绿的天空上飘游，宛若旅行的大陆。四个漂亮的孩子，四个男童，想必在花园里玩腻了，就开始闲聊起来。

一个男孩说道："昨天，家里人带我去看戏。宫殿又高大又凄凉，那里面能看见大海和天空，一些男人和女人，一个个表情很严肃，也很悲伤，但是比我们到处看见的人漂亮多了，穿戴也更好，他们讲话的声音跟唱歌似的。他们相互威胁、恳求、相互安慰，他们的手还常常按住插在腰带上的匕首。嘿！真好看！那些女人，比到家里来看我们的女人美丽多了，个头儿也高多了，她们深陷的大眼睛、火红的脸颊，样子虽然挺吓人，可是人家又禁不住喜爱她们。人家害怕，想哭，然而又很高兴……还有更加奇怪的感觉，就是自己也渴望同样打扮，讲同样的话，做同样的事，也用同样的腔调说话……"

四个孩子当中，有一个不再听他伙伴讲述了，凝望天空好一会儿了，不知观察什么，他突然说道："你们瞧呀，瞧那边……！看见他了吗？他就坐在那一小片单独的云彩上，那小片火红的云彩，缓慢地飘移。他也一样，好像他也在看我们。”

“到底是谁呀？”其他几个孩子问道。

“上帝呀！”他回答，那声调确信无疑。“哎呀！他已经走远了，过一会儿你们就看不见了。他肯定在旅行，要巡视各个国家。瞧啊，他就要过了那排远在天边的树木了……现在，他降到钟楼后面了……哎呀！看不见他啦！”那孩子长时间面对那个方向，凝望着分隔天和地的那条线，明亮的眼睛流露出一种难以描摹的心酸神迷和遗憾的神情。

“这家伙，这么傻呀，他那好上帝，只有他一个人看得见！”第三个孩子不免说道，他身形矮小，即显得出奇的机灵，出奇的活跃。“我嘛，我来给你们讲讲我碰到的事儿，是你们从未经历过的，比你们看的戏和云彩要有趣。——前几天，爸妈带我去旅行，我们到了一家旅店，由于客户床铺不够，就决定让我跟保姆同睡一张床。”他将伙伴们拉近了一些，压低了声音说道：“跟你们说吧，不是一个人睡觉，在黑夜中，跟保姆同睡在一张床上，那种感觉很特别。她睡着了，我还睡不着，就寻开心，抚摩她的手臂、脖子和肩膀。她的胳臂和脖子，比别的女人都粗得多，她那皮肤非常柔软，柔软极了，就好像信纸，或者薄棉纸。我的兴趣大极了，真想长时间抚摩，只是心中害怕，首先是怕把她弄醒，其次，我也不知道还怕什么。随后，我就把头埋进像棕毛一样披在她背后的头发里，我敢打保票，她的头发很香，就跟这时花园里的鲜花一样。以后若是有机会，你们像我这样，试试就知道啦！”

干了这样奇妙的事情，小家伙透露出来，边讲眼睛边瞪得溜圆，似乎为还能有当时的感觉而不免惊讶。落日的霞光透进他那蓬乱的红棕色发卷里，仿佛点燃了情欲的一副邪火的光环。不难猜出，这个孩子不会虚度一生，准要到云端寻找神灵，而且经常能在别处找见。

最后，第四个孩子说道："你们都了解，我在家里不大开心；从来没人带我去看演出，我的监护人太抠门了，上帝也不管我和我的无聊，更没有一个漂亮的保姆疼爱我，我经常觉得，我的快乐总是径直走在我前头，也不知道去哪儿，根本没有关心，总是看新的国家。无论到哪儿，我都始终感觉不好，总觉得我若是在别的地方，就会比我所在的地方好受。也真巧！在邻村上次集市上，我看见三个男人，他们正像我向往的那样生活。你们几个，都没有注意到。他们三人个头儿很高，脸色几乎都发黑，尽管穿着破衣烂衫，可是非常神气，好像万事不求人。他们演奏音乐的时候，深色的大眼睛就完全明亮起来。他们的音乐实在令人称奇，时而引人想跟着起舞，时而惹人想哭泣，或者同时又跳舞又哭泣，如果听得时间过久了，就非得发疯不可。他们当中一个人，在提琴上缓慢地拉着琴弓，似乎在倾诉一种忧伤；而另一个脖子上则用皮带吊着小钢琴，用小锤击打琴弦，那样子就好像在嘲笑诉苦的伙伴；至于第三个人，手里拿着钹，不时地撞击一下，但是异常猛烈。他们自得其乐，甚至在观众散去之后，还继续演奏他们的原始音乐。最后，他们收起观众扔下的铜子儿，背起行囊走了。我想了解他们住在哪儿，就远远跟随，一直走到森林边缘，我这才明白，他们根本没有住处。

“这时，一个人说道：‘要不要支帐篷？’

“‘嗳！肯定没必要！’另一个回答，‘夜晚多美好！’

“第三个人一边数着钱，一边说道：‘那些人对音乐没感觉，他们的老婆跳舞跟狗熊似的。好在用不了一个月，咱们就到奥地利了，到那儿碰到的人就可爱多了。’

“‘前往西班牙也许更好些，要知道，节气可往前赶，咱们得赶在雨季之前逃开，只润润咱们的嗓子就行了。’另外两个人中的一个说道。

“你们瞧见了吧，他们讲的话，我全记住了。随后，他们每人喝了一杯烧酒，就面对星空睡着了。起初，我很想请他们带我一起走，教我弹奏他们的乐器，但是我没敢开口，当然是因为无论决定点儿什么都很难，也因为怕我还没走出法国，就被抓回去了。”

其他三个伙伴对他所讲的不大感兴趣的样子，就让我想到这小家伙已经是个不被理解的人了。我注意观察他，在他的眼神里和额头上，不知看出什么致命的早熟印迹；那种早熟会让好感普遍敬而远之，但不知道为什么却引起我的好感，甚至一时间冒出个怪念头；我可能有一个连我本人都不知道的兄弟。

太阳落下了。庄严的夜就位。几个孩子分了手；各自走向未知，随着环境的变化和偶然的出现，命运就逐渐成形，得罪自己的亲人，不断攀登，走向荣耀或者耻辱。

三十二　酒神杖

题赠弗朗兹·李斯特[1]

酒神杖[2]是何物？从道德和诗意上讲，那是一种神圣的标记，拿在男女祭司的手中颂扬神明，他们正是神明的代言者和仆人。不过，从物质上讲，那不过是根棍子，地道的棍子，啤酒花杆，葡萄的支架，干枯、坚硬而又直溜儿。花枝随意攀附这棍子周围，嬉闹而放浪恣肆，枝蔓则弯曲散乱，花朵则似倾斜的小盅或倒置的酒杯。线条和色彩或柔和，或绚烂，而从这种纷繁中，绽放出一个惊人的光环。难道不可以说，这是曲线和螺旋线逢迎讨好直线，在周围欢舞，无声地赞美吗？难道不可以说，所有这些曼妙的花冠、所有这些花萼，都围住神圣的棍子，喷放着芳香和色彩，欢跳一种神秘的凡丹戈舞[3]吗？然而，有哪个冒失的世人敢断言，这些花和葡萄藤蔓是为这棍子而生，抑或这棍子不过是一种依托，以展示鲜花和藤蔓的美艳呢？

---

① Franz Liszt（1811—1886），匈牙利作曲家、钢琴家。

② 酒神的权杖，开关似标枪，周围缠绕着藤蔓，由酒神女祭司所执。

③ 西班牙的一种三拍子的活泼舞蹈，由吉他和响板伴奏。

“强而有力并受人敬重的大师，神秘而激情之美的亲爱的祭司，神杖就是您惊人的双重性的体现。被战无不胜的酒神弄得气急败坏的仙女，在她惊慌失措的女伴们头上挥动神杖，也不知道您在自己的弟兄们心灵上舞动您的天才这样强劲而任性。”

“这神杖，就是您的意志，正直、坚定而不可动摇；花朵，则是您的奇思异想在您的意志周围漫步；这是女性围绕着男性，跳起魅力十足的旋转舞。直线和曲线，意愿和表现，意志的强硬，表达的委婉，目标的一致，方式的变换，天才的混合体，强而有力又不可分割，哪一个分析家能有如此可鄙的勇气，将你们拆解并分离呢？”

亲爱的李斯特，您这位永恒的欢乐与惶恐的歌者、哲学家、诗人和艺术家，无论您在哪里，身处永恒之城的光辉中，还是在康布里努斯①抚慰的梦幻之乡的雾霭里，正在即兴创作欢乐之歌还是抒发难言的痛苦，或者将您深奥的思考托付给稿纸，我都要穿过雾障，跨越一条条江河，跨越钢琴歌唱您的光荣、印刷机表达您的智慧的一座座城市，向您致以永恒的敬礼！

① Cambrinus，佛来米人故事中的人物，被说成是啤酒的发明者。

三十三　沉醉吧

应当时刻醉意醺醺。这就是全部所在。这就是唯一的问题。为了感受不到压垮您的双肩，压得您弯向地下的可怕的时间重负，就必须长醉不醒。

可是，沉醉于什么呢？沉醉于美酒、诗歌还是德行呢，悉听尊便。反正要沉醉。

有时候，您站在一座宫殿的台阶上，卧在沟壑的青草上，或者待在自己房间的孤独郁闷中，如果清醒过来，醉意减轻或者消失了，那就去问问风，问问波浪，问问星辰，问问鸟儿，问问一切逃逝的、一切呻吟的、一切滚动的、一切歌唱的、一切言说的东西，问问几点钟了；于是风、波浪、星辰、鸟儿、钟就会回答您："到了该沉醉的时候了！您应当沉醉，以免做时间的殉葬奴隶；您应当不停地沉醉！沉醉于美酒、诗歌还是德行，悉听尊便。"

三十四　已经啦！

太阳已经上百次，从这几乎望不到边的海洋大盆里喷薄升起，光辉灿烂或者容颜惨淡；也有上百次，太阳重又沉入它那暮晚的大浴盆中，霞光万丈或者暗淡无光。多日来，我们就能够观赏苍穹的另一面了[①]，辨读天空对跖点的字母表。旅客人人都在呻吟，咕哝不满，就好像接近陆地加剧了他们的痛苦心情。“什么时候啊，”他们抱怨道，“我们才能不再受波涛的颠簸，不再受上面狂风呼啸的喧扰，睡上一个好觉呢？什么时候啊，我们才能吃上不像运载我们的海水这样咸的肉呢？什么时候啊，我们才能坐在不动的椅子上消食呢？”

有些人还想家了，思念起他们的不忠而讨厌的妻子、吵闹烦人的孩子。见不到大地的景象，所有人都惊慌到了极点，我相信他们一上岸，吃起青草来比牲口还要欢实。

终于，一道海岸显现了，航船越驶越近，我们看清那是一片明媚的、极美的土地。生命的音乐似乎解脱了，化为一种喃喃絮语，

① 这景象符合波德莱尔1841年旅行的情景，当时航船一直行驶到赤道附近的莫里斯岛和波旁岛（现为留尼汪群岛）。

而海岸各种绿色植物非常繁茂，花果散发的沁人心脾的芳香，也似乎远传数海里。

大家立时笑逐颜开，人人都一扫心中的恶气。各种争吵也都置于脑后，彼此相犯的过错全部得到原谅；约定好的决斗无不从记忆中一笔勾销，而怨恨也都烟消云散了。

唯独我还心中凄然，不可思议地伤感。如同一位被剥夺了崇拜物的教士，我离开大海，心中也苦不堪言。这片海洋，如此雄奇迷人，在它惊人的单一中又变化无穷；它似乎本身就容纳，并且通过它的嬉戏、神态、怒吼与微笑，表现所有曾经存活的、正在活着和将来存活的生灵的情绪、垂危和狂喜。

我辞别这无与伦比的美，只觉得心中沮丧得要命，这就是为什么，我的同伴人人都说：“终于啊！”我却只能喊了一声：“已经啦！”

然而，这可是大地，拥有声响、激情、便宜、节庆的大地；这是一片富饶丰美、充满希望的大地，它向我们送来玫瑰和麝香的芬芳，它那里生命的音乐，传到我们耳畔便成为爱情的絮语。

三十五　窗户

从敞开的窗户向外张望，绝不会看到注视一扇关着的窗户那么多景物。任何物体，都不可能比一扇烛光照亮的窗户更深邃，更神秘，更丰富，更幽暗，更让人眼花缭乱。在阳光下看到的场景，总不如在玻璃窗后面所发生的情况那么有趣。

在这黑暗或光亮的窗洞里，生命在存活，生命在梦想，生命在忍受痛苦。

我的目光跨越房顶的波浪，望见一个中年妇女，已经有了皱纹，是个穷苦之人，她总在俯瞰着什么，从来不出门。看她那张脸、她那身打扮、她的举止，根据极少的素材，我就重造了那个女人的故事，确切地说，她的传说，而且有时候，我流着泪讲给自己听。

假如那是个老头儿，我也会同样轻而易举，重造他的故事。

我上床睡觉，心里却很自豪，经历过了他人的生活与痛苦。

也许您要对我说："这样的传说，你有把握是真实的吗？"我身外的现实，如果帮助了我生活，帮助了我感觉自己的存在，自己存在的状况，那么它究竟如何，又有什么关系呢?

三十六　绘画的欲望

人有可能不幸，而被欲望撕肝裂胆的艺术家，则是幸福的人。

我渴望画出的一位女子，极难见到，又倏忽消失，宛若消失在黑夜的旅客身后一件令人惋惜的美丽事物。她已经消失多久了啊！

她容貌美，而且超出美，令人惊奇。她身上黑色是主调，浑身上下只透出夜色与深不可测。她的眼睛如同两个洞穴，隐约闪动着神秘之光，她那目光犹如闪电，一下子明亮耀眼，不啻黑夜中的一次爆炸。

我想把她比作一颗黑太阳，如果可以设想有一颗黑星体放射光芒和幸福的话。不过，她更情愿让人联想到月亮，无疑她身上明显有月亮的可怕影响。那并不是牧歌中的白月亮，好似一位面目冰冷的新娘，而是凶险并令人兴奋的月亮，悬挂在暴风雨之夜的深处，受到奔腾的乌云的冲撞；那并不是巡视纯洁之人睡眼的宁静而谨慎的月亮，而是从天空夺下来的、战败并反抗的月亮，爱色萨利[1]巫婆们的逼迫在惊恐的青草上跳舞的月亮！她那小小的额头，寓居

① Thessalie，希腊地名。

着顽强的意志和对猎物的酷爱。然而，在那张令人不安的脸的下半部，翕动的鼻孔渴望着未知的和不可能的东西，秀色可餐的大嘴唇红齿白，大笑起来显得难以描摹的优雅，令人遐想那种奇迹：一朵无与伦比的鲜花，绽放在火山地段上。

有些女人激发那种战胜并玩弄她们的欲望，而这个女人却让人渴望在她的目光下缓缓死去。

三十七　月亮的恩惠

题赠贝——小姐[1]

月亮一贯任性，从窗户眺望你睡在摇篮中，便自言自语：“这孩子我喜欢！”

于是，她轻飘飘地步下云阶梯，无声无息穿过玻璃窗。然后，她躺在你身上，温和轻柔赛过母亲，并将她的颜色印在你脸上。你的眼珠依然是绿色的，而你的脸蛋却出奇苍白。你的眼睛瞪得奇大，出神地看着这位来访的女客；她极其温柔，紧紧搂住你的脖子，让你落下总想哭的病根。

这工夫，月亮的欢乐情绪，仿佛弥漫了整个房间，犹如充满了磷光，又如充满了发光的毒气；凡是这种活跃的光亮都在考虑，并且说道：

“我的亲吻将影响你的一生。你将如同我这样美丽。你将爱我所爱，以及一切爱我的东西：水、云、寂静和夜；无边无际而呈现

① 即贝尔特（Berthe）小姐，波德莱尔最后的情人，她于1863年进入诗人的生活，次年便从他的生活中消失了。——择自原作注释。

绿色的海；无形而又形态多样的水；你不会到达的地方；你不会认识的情人；怪异的鲜花；让人发狂芳香；还有那些猫，在钢琴上发狂，像女人一样呻吟，声音沙哑而又温存！

“我的情人都将爱你，讨好我的人也都将讨好你。你将成为那些绿眼睛男人的王后，须知我在黑夜的抚爱中，也曾紧紧搂过他们的脖子；那些男人爱大海，爱无边无际的、汹涌的绿色大海，无形而形态多样的水，他们没有去的地方，他们不认识的女人，如一种陌生宗教的香炉似的不祥之花，扰乱人意志的芳香，以及标志他们疯狂的淫荡的野兽。”

你这既可恶又可爱的娇惯坏了的孩子，正是为了这一点，现在我才睡在你的脚下，从你的周身寻找可怖的神性的影子，寻找那个决定命运的教母，那个毒化所有狂人的奶妈的影子！

三十八　〔哪一个是真的？〕理想与现实

我认识一个名叫贝内狄克塔的姑娘，她能让周围弥漫理想的气氛，她那双眼睛散播着渴望，渴望高尚、美、光荣，以及一切令人相信不朽的东西。

可是，这个神奇的姑娘长得太美，红颜薄命，我认识她之后没几天，她就去世了，还是我亲手埋葬的，那天，春风摇晃着她那朵香炉似的花，一直到墓地。正是我把她装进像印度宝箱一样的不朽的香木棺中，密封起来，入土下葬的。

我的眼睛还凝视着埋下我的宝贝的地点，突然瞧见一个小小的人形，活似死去的姑娘，她行为古怪，歇斯底里地用脚踏着墓土，还咯咯大笑，说道："我才是真正的贝内狄克塔！是我！一个声名狼藉的骚货！你就得爱我本来的样子，以便惩罚你的痴情和盲目！"

我火冒三丈，回敬道："不！不！不！"为了更有力地强调我的拒绝，我拼命地跺脚，不料一条腿陷进新坟的松土里，一直没到膝盖，我很可能像掉进陷阱的狼，陷进坑里永远不能自拔了。

三十九　良种马

她相貌丑陋。然而，她非常可人！

时间和爱情的爪子，在她身上留下了抓伤，残忍地教育她，每一分钟和每一下亲吻，都要带走一点儿青春和鲜艳夺目的气色。

她的相貌的确很丑，如果您愿意说的话，她就是蚂蚁，就是蜘蛛，甚至是一具骷髅；然而，她也是饮料，也是春药，也是巫婆！总之，她是个妙人儿。

时间未能打破她那步履轻快的和谐，也未能毁掉她那身段难以摧毁的优雅。爱情没有腐蚀她那孩童般甜美的气息，时间也没有夺走半根她那马鬃似的浓密头发：浓发所散发的野兽的芳香，显示着法国南方那种狂热的生命力：尼姆、艾克斯、阿尔勒、阿维尼翁、纳博讷和图卢兹，全是阳光普照、洋溢着爱情的迷人城市。

时间和爱情用利齿咬噬她也是徒然，丝毫也没有减损她那男孩似的胸脯朦胧的、但是永存的魅力。

也许她已经疲惫不堪，但是并无倦意，始终那么勇于担当，能让人想到那些良种马，真正的行家一眼就会认出来，即使驾着出租马车，或者拉着载货的大车。

而且，她还特别温存，特别热情！她爱的方式，如同人们秋天那样相爱，就好像冬季将至，在她的心中又燃起一把火，而她那样温柔驯顺，却从来没有让人产生丝毫的厌倦之感。

四十　镜子

一个长相吓人的男子走进来，照起镜子。

“您照镜子只能感到不快，为什么还这么做呢？”

长相吓人的男子回答我：“先生，根据89年[①]不朽的原则，权利人人平等，因此，我有权照镜子，感到愉快还是不快，这完全是我的意识的事[②]。”

按照常理，显然我说得对；但是从法律的角度看，他也没有错。

① 指法国1789年大革命。同年8月26日，立宪会议通过了《人权和公民权宣言》，即著名的《人权宣言》。

② 波德莱尔在给爱伦·坡的《怪异故事集》所作的序言中写道：“19世纪的智慧那么经常并乐意重申人权的诸多条款中，却忽略了两种相当重要的权利，即自相矛盾的权利和扬长而去的权利。”——择自原作注释。

四十一　港口

对于一颗厌倦了在生活中打拼的灵魂来说，港口则是个迷人的去处。海阔天空，云谲波诡，海洋色调变幻莫测，灯塔明灭闪烁，这一切便是一个棱镜，特别适于观赏，能让人看得眼花缭乱而又不会厌倦。船舶修长的形体，吊着复杂的帆索，在波浪中和谐地摇荡，也有助于人在心灵上维系节奏感和美感。尤其对已然丧失好奇心，也丧失雄心的人来说，躺在展望台上，或者伫倚在码头，观赏出航的人、返航的人那样忙忙碌碌，看那些人还有追求的力量，还有旅行和发财致富的渴望。内心就会产生一种高贵的神秘乐趣。

四十二　情妇的肖像

在一间男人的小客厅里，即豪华赌场隔壁的吸烟室里，有四个男人在吸烟喝酒。他们正巧既不年轻，也不年老，相貌既不美也不丑；不过，他们年岁大点儿还是小点儿，都无一例外的是寻欢作乐的老手，那种与众不同的神情不难辨认，还有我也说不清的那种难以描摹的仪态、那种冷淡而略带嘲讽的愁容，分明在说："我们活得很够意思了，还在寻求我们可能爱的或者看重的东西。"

其中一人将话题引到女人上。他若是绝口不提，倒会显更为洒脱；不过，总有些才智之士，喝过酒之后，就不大鄙弃庸俗的谈话了。听那人说话，就好像听一支舞曲。

那人说道："所有男人，都是从谢吕班[①]那个年龄过来的；人在那个年龄，找不到山林女神，抱抱橡树干也是好的。那是爱情的第一阶段。到了第二阶段，就有所选择了。一旦能够深思熟虑，那已经是一种堕落了。这种时候目标很明确，就是追求美人。拿我来说，各位先生，我感到自豪的是，我早已到达第三阶段了，这个

① 法国剧作家博马舍（Caron de Beaumar chais，1732—1799）的剧作《费加罗的婚礼》中的人物，少年侍从，暗恋女主人伯爵夫人。

关键时期，仅仅人美就不够了，还得配上香水、首饰，等等别的东西。甚至我得承认，有时我还憧憬某种第四阶段，如同向往一种未知的幸福，那应该是有绝对平静的特点。不过，我这一生，除开谢吕班那个年龄段，我比谁都敏感，受不了女人那种烦人的愚蠢、那种恼人的平庸。在动物身上，我特别喜爱的，正是那种单纯。你们可以判断一下，我最后这个情妇，让我吃了多大苦头。

“她是一位王爷的私生女。美貌，自不待言，舍此，我怎么能看上她呢？可是，她怀着一种不合时宜的畸形野心，毁掉了她这个大大的优点。这个女人总想充当男人。‘您不是个男人！哼！我若是个男人多好啊！我们两个比较，我才是个男人！’从她嘴里吐出来的是让人受不了的老调，而不是我只想看到飞出来的歌声。看了一本书、一首诗、一出歌剧，我会情不自禁地赞叹，她就立刻接口说道：‘您大概认为这很有力度吧？难道您真的懂得什么是力量吗？’随即她就高谈阔论起来。

“忽然有一天，她又搞起了化学，从此在她的嘴和我的嘴之间，就隔了一副玻璃防护面具了。不仅如此，她又格外正经起来。如果有时，我有点儿过分流露爱意，触摸她一下，她就惊恐万状，宛如一株受猥亵的含羞草……”

“这事儿是怎么了结的？”那三人中有一人问道。

“药到病除，自有天助。”那人接着说道，“有一天，我发现这位智慧女神渴望理想的力量，正跟我的仆人亲密接触，见此情景，我不得不悄悄退走，以免闹得他们大红脸。晚上，我付了他们该得的工钱，把他们两个一起辞退了。”

“说起来嘛，”那个插话的人又说道，“我也只能怪我自己了。幸福降临，住进我家了，我却认不出来。前些年，命运赠予我一位女子，供我享乐。她是女人堆里最温柔，最恭顺，最忠实的人，召之即来！只是没有什么激情！‘我很愿意，只要你高兴。’她通常总这么回答。您敲打这面墙，或者这张沙发，所能引起的叹息，还要多于受到高潮的冲动所能引发我的情妇心中的叹息。共同生活了一年之后，她向我承认，她从未尝到过乐趣。我也厌倦了这种不对等的决斗，于是这个无与伦比的姑娘便结婚了。后来我突发奇想，又去见她，她就指着六个漂亮的孩子对我说：‘瞧吧！亲爱的朋友，已为人妻，还跟做您的情人一样贞洁。’这个女人丝毫也没有变。有时候我还挺怀念她的。本来我应该娶了她。”

其他人笑起来，第三个人也讲述了：

“各位先生，我领略了也许被你们忽略的乐趣。我要谈谈爱情的滑稽成分，一种并不排斥欣赏的滑稽。我很欣赏我的最后一个情妇，并认为超过了你们或爱或恨你们情妇的程度。而且，所有人也都跟我一样欣赏她。每次我们起进一家饭馆，过了几分钟，顾客无不看她走了神儿而顾不上吃饭了。就连伙计们和坐柜台的老板娘，都受这种出神观赏的感染，忘掉了本职的事儿。总之，我同这个活宝相伴，生活了一段时间。她吃饭，咀嚼，咬噬，吞咽，但是显得极其轻松，无忧无虑。她就这样迷住了我好久。她说‘我饿！’这句话时，是副温存的、梦幻的、英国式的罗曼蒂克的情态。白天黑夜她都重复这句话，露出世间最美丽的牙齿，让人看着又心疼又心喜。我若是把她拉上集市，当作贪食的怪物展示的话，准会发大财。我给她足吃足喝，然而，她还是离开了我……肯定是跟一个食品商跑了……那一类的东西吧，管后勤的职员之流，通过他的拿手把戏，也许弄来好几名士兵的粮饷，供养这个可怜的姑娘。至少这是我的推测。”

“我呢，”第四个人说道，“我经受痛苦磨难，却是由人们通常责备女性自私的相反表现造成的。你们这些人啊，幸运得过头了，实在不应该抱怨你们情妇的缺点！”

讲这话的语气十分严肃，此人外表和气而庄重，那形象近似神职人员，只可惜一双浅灰色的眼睛炯炯有神，那目光总在表示：“我要这样！”或者：“必须如此！”或者：“我绝不宽恕！”

“您，G先生，如同我所了解的，一个神经质的人，还有你们二位，K先生和J先生，你们这么懦弱和轻浮，假如你们同我认识的这样一个女人相交欢，那你们不是逃掉，就得死掉。而我呢，你们也看到了，我保住了性命。你们想象一下，一个在情感上或算计上不会出差错的人；你们想象一下，一种在性格上令人扫兴的从容、一种没有喜剧和夸张成分的忠诚、一种无懈可击的温柔、一种毫无狂热冲动的能量。我的爱情史，就像在纯净而光滑如镜的地面上无穷无尽地旅行：这面镜子单调得令人眩晕，很可能以我的意识具有讽刺意味的准确性，映现出我的全部感情和举动，因而我不能有一点儿不理智的举动或感情，否则我当即就会看到我那形影不离的幽灵无声的责备。对我而言，爱情成了一种监护。有多少蠢事让监护给阻止了，而我没有干，多么后悔啊！有多少债，是我不由自主偿还的呀！我本来可以从自己的任性妄为中得到的好处，全让她给剥夺了。她高举冰冷的、不可逾越的规则，挡住了我的全部任性之举。尤为可怕的是，危险过去了，她也并不要求感激。有多少次，我都要忍耐不住，扑到她的胸脯，高声对她说：‘该死的你就不要这么完美了，好让我爱你不这么别扭，也不这么恼火！’数年之间，我赞赏她，心中却充满恼恨。最终，耗掉性命的并不是我！”

“啊！”其他人惊讶地问道，“难道她死啦？”

“不错！那种状况不可能继续下去。爱情变成了折磨我的噩梦。正如政治上所说，不胜利便死亡，这就是命运强加给我的抉择！一天傍晚，在树林中……在一片水塘岸边……在一次心情郁闷的散步之后，她那双眼睛映现天空的柔和，而我的心如下地狱般抽搐……”

“什么！”

“怎么样？”

“你要说什么？”

“这是不可避免的。我的公正意识太强，不可能殴打、凌辱或者辞退一名无可指责的仆人。但是，这种意识，还必须同这个女人引起我的憎恶协调起来；摆脱掉这个女人，又不对她失敬。你们说我该拿她怎么办呢，既然她那么完美？”

其他三个伙伴注视这个人，眼神茫然，略显几分呆滞，仿佛佯装不明白，又好像默默承认，如此不近人情的行为，虽然还能解释得通，换了他们，可干不出来。

接着，他们叫了几瓶酒，以便消磨生活如此艰难的时光，加速如此缓慢流动的生活。

四十三　殷勤的射手

马车正穿越树林，行驶到一个射击房旁边，他吩咐停车，说他去放几枪，干掉时光，倒还有趣。干掉时间这个怪物，不是每个人最普通、最正当的营生吗？——于是，他殷勤地把手伸给他那亲爱的，既秀色可餐又十分可恶的妻子：这个神秘的女人给了他多少快乐、多少痛苦，也许还给了他大部分才华。

打了好几发子弹，都远离耙子，有一枪甚至飞上天花板，逗得那个可爱的女人大笑不止，挖苦她丈夫太笨了；她丈夫猛地回身，对她说道："您看好了，那个布娃娃，在右侧，那边，鼻子翘到天上，一副目空一切的样子。好吧，亲爱的天使，我想象那就是您。"说罢，他闭起眼睛，扣动扳机，干净利落，一枪把布娃娃的脑袋打飞了。

这时，他面对他那亲爱的，既秀色可餐又十分可恶的妻子，向他躲不开的冷酷无情的缪斯俯下身，恭恭敬敬地吻了她的手，补充了一句："啊！亲爱的天使，我多么感激您赋予我的身手！"

四十四　汤与云

我的十分可爱的痴情小恋人请我吃晚饭，餐厅的窗户敞着，我观赏着外面上帝用雾气建造的活动建筑，触摸不到的无比奇妙的建筑物。——我在凝思中暗自说道："所有这些幻景，几乎跟我这小恋人朦胧的眼睛一样美，我的绿眼睛的小魔女。"

突然，我的后背重重挨了一拳，只听一个沙哑而迷人的声音，一个歇斯底里的、像喝烈酒形成的哑嗓儿，我这可爱的小恋人的声音说道："您这就能喝上汤了，该死的家伙，云彩贩子！"

四十五　射击场与公墓

“观赏公墓——酒馆。”

“好奇特的招牌，”我们的散步者心中暗道，“不过，这名号起得好，能让人口渴想喝酒！这家酒馆的老板，肯定很会欣赏贺拉斯和伊壁鸠鲁的那些诗人门生。他甚至可能了解古埃及人深湛的精妙思想：在古埃及人看来，没有骷髅，没有表示人生短暂的某种象征，也就不成其为盛宴。”

于是，他走进酒馆，面对坟墓喝了一杯啤酒，悠闲自在地吸一根雪茄。继而，他见公墓里阳光灿烂，草长得那么高，那么邀人前往，他便突发奇想，要去墓地走走。

果然，阳光和火热在公墓里肆虐，太阳仿佛喝得酩酊大醉，直挺挺躺在被毁灭的事物养肥的鲜艳花朵织成的地毯上。空气中弥漫着生命的嗡鸣，无限小的生物的声音，不时被附近射击场有规律的枪声打断，就好像一支交响曲的低声演奏中，夹杂一声声开启香槟酒瓶塞崩出的爆响。

他坐到一座坟墓上；在烤热他大脑的阳光下，在死神浓烈的芳香氛围中，忽略墓中一个声音咕咕哝哝，这样说道：“吵闹不休的世人啊，这么不在乎过世的人和他们神圣的安息，但愿你们的枪支、你们的靶子全下地狱！不耐烦活着的世人啊，你们来到死神的殿堂旁边演习杀人的技艺，但愿你们的野心、你们的盘算全下地狱！勤劳的世人啊，如果你们了解奖品多么容易赢得，目标多么容易击中，而除了死亡，一切又多么虚无，你们就不会这么劳累自己，不会这么常来打扰这些早已达到目标，达到可恶生活唯一真正目标的人们安眠了！”

四十六　失落光环

“咦！怎么！您在这儿，亲爱的？您，到了这种坏地方！您，整天喝琼浆玉液的人，您，顿顿吃美味佳肴的人！老实说，这可真让我吃惊不小。”

“亲爱的，您了解，我很讨厌车马了。刚才那会儿，我正急匆匆穿越大街，在泥泞中跳来跳去，在车水马龙的混乱中，死亡的威胁从四面八方袭来，我一个急闪身，光环就从我头顶滚落到碎石马路的泥坑里。我没有勇气拾起来，觉得我丢掉标志也没什么，骨头压断了可就坏事了。继而，我又心中暗想，倒霉有时也是好事儿。现在我隐姓埋名，可以到处走，像普通人那样，干些下流的勾当，过过放荡的日子。您这不瞧见了，我跟您是一路货色了！”

“失落这个光环，起码您也应该张贴启事，或者向警察局报失啊。”

“嗳！没必要。我在这儿挺好的，也只有您认出我来了。况且，头衔已经让我厌倦了。再说了，若是让哪个差劲儿诗人捡到，恬不知耻地戴到头顶，想一想我就很开心。造就一下幸福的人。

真是其乐无穷！尤其是一个惹我发笑的幸福的人！您想想X，想想Z！嘿！简直太逗啦！”[①]

---

① 波德莱尔要到生命终点的时候，对新生代的诗人确实没有什么好感。1866年5月5日，他在给特鲁巴（Troubat）的信上写道：“他们让我害怕极了。”同一天，他在给他母亲的信上写道：“最有损我的名声的，莫过于那些模仿者，而我最喜欢独自一人了。但是这不可能，看来‘波德莱尔流派已经存在了’。”——择自原作注释。

四十七　比斯图里小姐

我借着煤气街灯的光亮，一直走到城郊的边缘，忽然感到一条胳臂轻轻地滑到我的腋下，同时听到一个声音在耳畔对我说道：“您是医生吧，先生？”

我定睛一看，原来是一位高个子姑娘，身体很壮实，眼睛睁得大大的，化了淡妆，头发和帽带一起随风飘舞。

“不，我不是医生。请让我过去。”

“嗳！不对，您是医生。我看得出来。走，到我家去吧。您会非常满意我的举动，走吧！”

“毫无疑问，我会去看您的，那得以后了，等医生去过之后再说，真见鬼！……”

“哈！哈！”她大笑起来，还一直揪住我的胳臂，说道，“您是个爱搞笑的医生，我认识好几位这种类型的。来吧。”

我酷爱神秘的事儿，总希望弄个明白。于是，我就被这位女伴，确切些说，被这个意外的谜团拉走了。

她那陋室，我就不去描述了，到好几位法国著名的老诗人那里就能见得到。不过，墙壁上挂着两三幅名医的肖像，这是雷尼耶[①]所没有见到的细节。

我受到怎样的款待啊！燃旺的炉火、暖暖的酒、雪茄，她用这些好东西招待我，自己也点燃了一支雪茄。这个滑稽的尤物对我说道："我的朋友，随便点儿，就跟在自己家里一样。这能让您忆起医院和青春的好时光。——哎呀，这些白头发，您是在哪儿熬出来的呀？回想起来，还没有多久，您可不是这种样子，当时您在L医生的诊所当住院见习医生，我还记得，每次做大手术，总是您给他当助手。他那个人，就喜欢切除啊，削减啊，截掉呀！而您就递给他器械、线和棉纱……手术做完了，他瞧了瞧手表，自豪地说道：'五分钟呀，先生们！'——唔！我嘛，无处不去，那些先生我很熟悉。"

过了片刻，她就改用"你"称呼我了，又重弹老调，对我说道："你是医生，对不对，我的猫咪？"

一听这不可理喻的老调，我就跳起来，恼火地嚷道："不是！"

"那就是外科医生啦？"

"不！不！除非是让我切下你的脑袋！活见圣玛克雷勒的圣西布瓦尔的鬼啦！"

"等一等，"她又说道，"你来瞧瞧。"

---

① Mathurin Régnier（1563或1573—1613），法国诗人。波德莱尔非常欣赏他的诗集《讽刺诗》。

她从大衣柜里掏出一捆纸，打开一看不是别物，乃是收藏的当年名医的肖像，由莫兰[①]制成石版画，陈列在伏尔泰滨河路的画摊上，好几年都买得到。

“瞧！这一位，你还认得出来吧？”

“是的，这是X，况且下面有名字。而且，我也认识他本人。”

“这我一清二楚！咦！这是Z，他在课堂上讲到X就说，‘这个怪物的脸上，就挂着他那颗灵魂的黑色！’他这样讲，全是因为在同一件事情上，他们二人意见不合。当时在医学院，这句话传为笑谈！你还记得吧？——咦，这是K，他向政府告发了到他医院疗伤的起义者。——那是个动乱的时期——一个长得这么漂亮的男人，怎么一点儿心肠都没有呢？——现在这张，是W，一位闻名的英国医生，我趁他到巴黎旅行抓住他的。他这样子像一位小姐，对不对？”

我摸了摸同样放在圆桌上用绳子捆的一个包，她便说道：“稍等一下，这是住院见习医生，那一包是不住院见习医生。”

说着，她就扇形摊开一大摞照片，这些人物形象都年轻得多。

“我们再次见面的时候，你的肖像照会给我一张吧，对不对？”

“可是，”我也顺着自己固定的思路，对她说道，“你为什么

① Nicolas-Eustache Maurin（1799—1850），法国画家。

认为我是医生呢？”

“只因你对女人特别和蔼，特别热情！”

“多怪的逻辑！”我心中暗道。

“嗯！一般我不会看走眼，我总归认识大量医生。我太喜欢那些先生了，就是不生病，时而也去看看他们，只为见上一面。有些医生冷淡地对我说：‘您根本没有病！’但是有些医生看见我向他们抛媚眼儿，也就明白我的意思了。”

“他们若是不明白呢……？”

“那好办！我不能白白打扰人家，就在壁炉台上撂下十法郎。——那些男人特别好，特别温和！——我在慈善医院就发现一位住院医生，小矮个儿，跟天使一样漂亮，可怜的小伙子，多有礼貌！工作还那么上心！他的同事们对我说，他父母是穷人，无力给汇钱，因而他身无分文。这情况给了我信心。不管怎么说，我虽然不怎么年轻了，但还算相当漂亮。我对他说：‘来看我吧，经常来看我吧。跟我打交道，你不必拘谨，我不缺钱花。’当然，你应该明白，这种话，我是通过各种各样的表情姿态向他暗示，没有露骨讲出来，特别怕伤了他的面子，这个可爱的孩子。——怎么！你以为我有个奇怪念头，不敢对他讲吗？我倒是希望他来看我时，还穿着他那白大褂和围裙，上面甚至还带着血迹！”

她讲这话的样子非常坦率，就好像一个男人会对一个他爱上的女演员说：“见面的时候，我真希望您还穿着您所创造的这个著名角色的戏装。”

我也很固执，便又问她："这种如此独特的喜好，是在哪个时期，什么情况下产生的，你还记得吗？"

我的意思很难让人理解。但是最终还是让她明白了。于是，她黯然神伤，而且，就我所记得的情景，她甚至扭头移开目光，回答说："不知道……我不记得了。"

在一座大城市里，只要善于遛街和观察，什么古怪的事见不到呢？

主啊，我的上帝！您，世界的创造者，世界的主人，您制定了法则和自由，您，顺其自然的最高主宰，您，总是宽恕的审判官；您的心中装满了动机和缘由，您也许为了改造我这颗心，给我的思想灌输了对丑陋事物的兴趣，如同一刀就割掉了病根。主啊，发发慈悲吧，可怜可怜这些疯男人和疯女人吧！造物主哟，在您的眼里，可能存在什么"怪物"吗？唯独您知道他们为什么存在，他们是怎么"形成的"，又怎么才可能"不会形成"！

四十八　世外任何地方

人生犹如一座医院，每名患者都极其渴望调换床位。这一个愿意面对火炉忍受病痛，那一个认为挨着窗户病就能治好。

我总觉得我不在的地方就准好，而这个迁徙的问题，是我不断同自己的心灵探讨的一个话题。

“告诉我，我的心灵，可怜的已经冷了的心灵，去里斯本居住，你看怎样？那里天气一定热了，你就像蜥蜴那样恢复活力。那座城市建在水边，据说是用大理石建造的，居民特别憎恨植物，连根拔掉了所有树木。那种景致正合你的口味，由阳光和石头，以及映着阳光的石头的水面组成的景色！”

我的心灵没有搭理。

“既然你那么喜欢休息，又爱看变幻景象，你愿意住到荷兰去吗，那可是一片福地啊？你经常到博物馆赞赏那里的风景画，也许你在那个国度会很开心的。去鹿特丹怎么样？你不是喜欢桅杆的森林、停泊在房屋脚下的船只吗？”

我的心灵仍然默不作声。

去巴达维亚[①]，也许更合你的心愿吧？况且到了那里，我们还能发现结合了热带美的欧洲精神。

还是一声不吭，——难道我的心灵死了吗？

“怎么，你就麻木到如此程度，只想在苦中作乐吗？果真如此，那么我们就逃往死神居住的地方吧。可怜的，事情我来安排！我们打好行装，前往托尔讷奥[②]吧。再往远走，一直到波罗的海的尽头；如果可能，离生活还要远一些，我们到极地去安家吧。那里的太阳只是斜抹过大地，阳光和夜色缓慢的交替消除了变化，增加了单调，那是五成的虚无。到了那里，我们就可以长时间沐浴在黑暗之中，当然也有供我们消遣的景色，北极光不时给我们送来粉红花束，看似地狱焰火的反光！”

我的心灵终于发作，它明智地向我嚷道：“随便哪儿！随便哪儿！只要离开这个世界！”

① Batavia，印度尼西亚首都雅加达的旧称。

② Tornéo，今称托尔尼奥（Tornio），芬兰港口，坐落在托尔讷河畔，与瑞典城市哈帕兰达隔河相望。

四十九　痛打穷人！

我一连两周闭门不出，埋在书堆里，我是指当时（十六七年前）流行的书籍，主要阐述如何让民众一夜之间富裕起来，变得又幸福又理智的艺术。于是我消化——我是说生吞活剥——所有这些致力于公众幸福的人所有煞费苦心的混乱论著——他们有的规劝所有穷人都当奴隶，有的则让穷人相信他们全是失去宝座的国王。——当时我的思想状态近乎眩晕或痴呆；说来谁也不会感到惊讶。

我只感到挨着我的智力深处，似乎萌生一种模糊意念，高于我近来在词典里查到的所有老太婆式的老生常谈。但这只是一种意念的意念，还极其模糊。

我干渴难耐，便出门了。只因看坏书入迷，就相应产生一种需要：呼吸新鲜空气并喝清凉饮料。

我正要走进一家酒馆，一个乞丐却把帽子伸到我面前，那目光令人难忘，如果说精神真能移动物质，如果说一个自称能释放磁流的人眼睛真能促使葡萄成熟，那么他那目光就会让王冠脱落。

恰巧这时，我听见耳畔有个声音低语，一听便知，正是到处陪伴我的一个善天使，或者一个善精灵的声音。既然苏格拉底有他的善精灵，为什么我就不能有我的善天使呢？为什么我就不能像苏格拉底那样，由敏锐的莱吕[①]和经验老到的巴雅杰[②]签署，有幸获取疯癫证书呢？

苏格拉底的精灵同我的精灵之间，倒有这样的差异：苏格拉底的精灵显形时，只为禁止、警告、阻止他；而我的精灵就费心规劝，启发并说服。可怜的苏格拉底只有一个禁止的精灵，而我的精灵却是一个大大的赞同者，是一个行动的精灵，战斗的精灵。

我的精灵这时对我耳语："唯有证明自己与别人平等的人，才能与别人平等，唯有善于争取自由的人，才有资格享受自由。"

我立刻猛扑过去，一拳打在那乞丐的眼睛上，那只眼睛霎时间肿得像台球那么大。我还敲掉他两颗牙齿，为此我折断了一根指甲。我天生瘦弱，又没有怎么练习拳击，感到自己不够强壮，不能很快将这个老头子打倒，就一只手揪住他的衣领，另一只手掐住他的脖子，开始猛力往墙上撞击他的脑袋。应当承认，事先我扫视一眼周围，确认这城郊地段僻静无人，在相当长的时间内不会来警察。

接着，我又一脚踢到他背上，用力相当猛，能折断他的肩胛

---

① Louis-Francisque Lélut，波德莱尔认识的精神病医生，他在《苏格拉底的精灵：在历史科学上运用精神科学的标本》（1836）一书详谈过这些问题。

② Baillarger，著名精神病医生。在巴黎硝石厂医院授课并行医。波德莱尔的一个朋友巴尔巴拉，曾将他的一本书《神经错乱者》题赠给巴雅杰。

骨。将这衰弱的六旬老翁踢翻在地之后，我又从地上拾起一根粗树枝，狠命揍他，就像厨师要捣松牛排那样。

突然间，——奇迹哟！证实自己的理论多么卓越的哲学家那份欣喜哟！——我看到这把老骨头一个翻身，重又站立起来，我绝想不到老朽到家的一副身躯，还能有这种爆发力，而他那仇恨的目光，在我看来也是好兆头：这个衰弱的老强盗扑向我，打肿了我两只眼睛，敲掉了我四颗牙齿，还用同一根树枝痛打了我。——我通过这种有力的治疗措施，恢复了他的自豪感和生命力。

于是，我向他连连打手势，让他明白我认为争论已然结束，我爬了起来，满怀画廊派[①]一个诡辩家的满足感，对他说道："先生，您跟我平等了！请您赏脸共享我这袋钱。还请您记住，您若是真讲慈善，那么当同行们向您乞求施舍的时候，您务必应用我忍着痛苦在您背上试验过的理论。"他向我发誓，他理解了我的理论，一定听从我的劝告。

你说怎么样，蒲鲁东[②]公民？

---

① 指雅典画廊派，即斯多葛派，遵循坚忍和淡泊的原则。

② Pierre-Joseph Prudhon（1809—1865），法国社会主义者，第一个自称"无政府主义者"的人。他在第一部著作《什么是财产》（1840）中，提出"财产即盗窃"的口号。在1858年6月14日给圣勃夫（法国文艺理论家）的一封信中，波德莱尔称蒲鲁东是斯多葛主义者。

五十　好狗

题赠约瑟夫·斯蒂文斯[1]先生

我赞赏布封从不脸红，哪怕面对当代的青年作家，不过今天，我并不想求助于描绘壮丽大自然的这位画家的灵魂。不是。

我更愿意求助于斯特恩[2]，要对他说："从天上下来吧，或者从阴间乐土上来吧，以便启发我的灵感，为这些好狗，这些可怜的狗，唱一支配得上你的赞歌，配得上你这易动感情的滑稽大师，无与伦比的滑稽大师！你要像留在后人的记忆中那样，骑着永远陪伴你的那头著名的驴回来吧；千万让那驴子别忘了双唇仔细叼着它那不朽的杏仁饼！"

靠后吧，学院派的缪斯！我根本用不着这个装腔作势的老太婆。我要召唤家庭缪斯、市井缪斯、活跃的缪斯，以便帮我歌唱好狗，可怜的狗，满身泥土的狗。这样的狗，人人都躲避，仿佛患了

---

① Joseph Stevens（1819—1892），比利时动物画家，尤其擅长画狗。波德莱尔在比利时逗留期间，经常拜访这位画家。

② Laurence Sterne（1713—1768），英国幽默小说家，著有《项狄传》《感伤旅行》，被认为是现代心理小说的先驱。

瘟疫或者长了虱子，唯独穷人与之相伴，唯独诗人以友爱的目光相看。

去他的吧！那些炫耀美的狗，自命不凡的四脚兽，什么丹麦犬、查理王犬、短毛哈巴狗或西班牙小猎犬，都那么自鸣得意，随意蹿到客人的两腿之间，甚至跳到膝上，就好像确信能讨人喜欢，跟孩子一样乱闹，跟轻佻的女人一样愚蠢，有的还像仆人那样，既放肆无礼，又好闹脾气！去他的吧！尤其是那些四脚蛇，人称猎兔犬，它们无所事事，总是哆哆嗦嗦，尖尖的鼻子，嗅觉不够灵敏，跟不住一个朋友，而扁平的脑袋也不够聪明，不会玩多米诺骨牌。

都滚回窝里去吧，所有这些烦人的寄生虫！让它们全滚回铺着软垫的绸缎窝里去吧！我赞美的是满身泥土的狗，穷困的狗，无家可归的狗，流浪狗，卖艺的狗，这些狗都有穷人、流浪者、江湖艺人那样的本能，它们饱经风霜，都经历了生活过硬的磨砺，而生活的磨砺是极好的母亲，是聪明才智的真正保护神！

我还歌颂遭遇不幸的狗；那些狗孤苦伶仃，在无边城市弯弯曲曲的细谷中游荡，有的还眨着充满灵性的眼睛，对遭受遗弃的人说道："带上我吧，我们俩都不幸，一起相伴就可能组成一种幸福！"

"狗要去哪里？"奈斯托尔·罗克普朗发出疑问，而那篇不朽的专栏文章，无疑他已然忘记了，唯独我，也许有还圣勃夫，直到今天我们还记得。

不大留意的人哟，你们说，狗要去哪里？它们去干自己的事。事务的约会、爱的约会。穿过雾气，穿过风雪，穿过泥巴地，顶着炎炎的烈日，冒着如注的大雨，它们来来往往，小步奔跑，从马车下钻过去，驱使它们的是跳蚤、激情、需要或者责任。它们同我们一样，早早就起来，赶紧去奔生活，或者追欢逐乐。

有一些狗，夜晚睡在城郊的废墟里，每天定时到王府街区一家厨房的门口讨赏赐；另一些狗则结成队，跑上二十多公里的路，去吃几位老处女好心为它们准备的食物，只因那些六旬老处女的心，愚蠢的男人不再需要，没有着落便照顾动物了。

还有一些狗，就像逃逸的奴隶，有些日子发情到了神魂颠倒的程度，逃离家园，来到城里，围着一条漂亮的母狗蹦蹦跳跳一个钟头，而那母狗不大着意打扮，但是很高傲，也心存几分感激。

它们都十分准时，尽管没有笔记本，没有记录，也没公文包。

您是否了解慵懒的比利时？您是否像我一样，欣赏过那些健壮的狗？它们会拴在屠户、奶贩或面包师的货车上，得意地汪汪叫唤，表现它们与马赛跑所感到的快乐与自豪。

这两条狗属于更加文明的等级。趁卖艺人不在，请允许我带您进房间看看。一张油漆木床，没安帐子，铺盖拖到地上，满是臭虫的污迹，屋里有两张草垫椅子、一个生铁炉子、一两件毁坏了的乐器，噢！多么凄惨的家具！然而，请您瞧瞧这两个聪明人物，身穿既破旧又华丽的服装，头戴行吟诗人或军人那样的帽子，如巫师一般精心照看火炉上煨着的“无名之作”，锅正中插着一把长木勺，好似一根宣布工程已竣工的旗杆。

如此热忱的演员，不用一顿有干货的营养丰富的晚餐填饱肚子，就不会上路，这不是天经地义的吗？一整天面对观众的冷淡，又遭到一个占大份儿、吃得比四个演员还多的经理不公正待遇，这些可怜虫吃点儿肉，不是可以原谅的吗？

有多少次我动了感情，笑着凝视所有这些四条腿的哲学家、百依百顺或者忠实的奴隶，按说过分关心人的幸福的共和国，如能花点儿时间关照一下狗的荣誉，那么共和国词典上也很可能称它们为公仆。

同样，有多少次我想过，也许在什么地方（说到底，谁知道呢？），存在一个专为好狗、可怜的狗、满身泥土而伤心的狗而设的天堂，以便酬赏它们那么勇敢，那么耐心又那么勤劳吧？斯威登堡[1]断言，荷兰人有一个天堂，土耳其人也有一个天堂。

维吉尔和忒奥克里托斯[2]诗中的牧人，期待他们的对歌获奖，能得一块美味的奶酪、一支能工巧匠制作的笛子，或者一只乳头鼓胀的山羊。歌唱可怜的狗的诗人所得到的奖赏，则是一件漂亮的坎肩，颜色既绚丽又暗淡，让人联想到秋天的太阳、成年女人的美貌，以及圣笥马丁节的小阳春[3]。

---

① Swedenbord（1688—1772），瑞典学者、神秘主义者。波德莱尔的这句话取自斯威登堡的著作《真正的基督教》第三卷。——择自原作注释。

② Théocrite（约前320或310—前250），古希腊诗人。

③ 每年11月11日为圣笥马丁节，这前后的晴和天气称圣笥马丁节小阳春。

在艾尔摩萨别墅街那家小酒馆，画家多么急切地脱下坎肩，送给诗人，他是多么理解，理所当然应该歌颂可怜的狗，而当时的情景，在场的人谁也不会忘记。

正如在美好时代，意大利的一位出色的专制君主，为了换取一首珍贵的十四行诗，或者一首讽刺短诗，就肯给神圣的阿雷蒂诺[①]一把镶宝石的短剑，或者一件朝服。

诗人每次穿上画家的坎肩时，就不能不想起那些好狗，明智的狗，想起圣笥马丁的小阳春，以及成年女子的美貌。

① Pietro Aretino（1492—1556），意大利作家。